저녁을 보내는 근사한 방법

저녁을 보내는 근사한 방법

발행일   2020년 8월 11일

지은이   정창헌
펴낸이   차석호
펴낸곳   드림공작소
출판등록   2019-000005 호
주소   부산광역시 남구 수영로 298, 산암빌딩 10층 1001호 드림공작소
전화번호   010-3227-9773
이메일   veron48@hanmail.net

편집/디자인 (주)북랩
제작처   (주)북랩 www.book.co.kr

ISBN   979-11-967664-5-0 03810 (종이책)   979-11-967664-1-2 05810 (전자책)

이 도서의 국립중앙도서관 출판예정도서목록(CIP)은 서지정보유통지원시스템 홈페이지(http://seoji.nl.go.kr)와
국가자료공동목록시스템(http://www.nl.go.kr/kolisnet)에서 이용하실 수 있습니다.
(CIP제어번호: CIP2020023945)

저녁을 보내는
근사한 방법

정창헌 창작집

드림공작소 Dream

저녁을 보내는 근사한 방법

"우리 모두의 안에는
'에밀 싱클레어'도 있고 '데미안'도 함께 있다."

목
차

프롤로그　　　　　　　　　　　　　　　　　　　　　12

당신의 눈동자에 건배　　　　　　　　　　　　　　17

라디오를 들어요　　　　　　　　　　　　　　　　26

KBS 〈주말의 명화〉 오프닝 시그널 대한 추억　　　31

백석(白石) 시인　　　　　　　　　　　　　　　　　35

나와 레이와 알버트　　　　　　　　　　　　　　　37

Midnight Blue(미드나잇 블루)　　　　　　　　　　69

〈About a boy〉-마음을 연다는 것　　　　　　　　71

엄마의 선빵　　　　　　　　　　　　　　　　　　75

영혼의 무게　　　　　　　　　　　　　　　　　　84

호밀밭의 파수꾼　　　　　　　　　　　　　　　　91

별로 돌아간다는 것　　　　　　　　　　　　　　　96

도깨비불에 대한 추억　　　　　　　　　　　　　　99

별이 되지 못한 행성, 목성   102

스칼라 그리고 벡터-사랑의 정의   106

당신이 있어서   108

살아볼수록 아는 것들   110

Yesterday 1   112

삶의 속도   113

Yesterday 2   114

남자다움   115

먼 하늘을 보면서   117

무디거나 멍청하거나 1   118

2009. 12. 08. 23:17   121

김 사장의 이중생활   123

Yesterday 3   126

아무도 없었다   127

고래 날다   131

Yesterday 4   133

2002년 어느 날 밤에 생긴 일   134

내 묘비명   137

사랑 꽃   138

우리 일상의 기이한 일들   139

사랑이란 142

청라에 살어리랏다 143

사랑…. 그 달달함 148

무디거나 멍청하거나 2 149

고전 158

창조론자들에게 159

인생관에 대하여 164

단노우라 해전이 남긴 것 166

사랑의 유통기한 171

한 병이면 충분해 179

Once Upon a Time 187

남아있는 나날들 188

Dear. Friend 1 191

RE: Dear. Friend 1 196

Dear. Friend 2 198

RE: Dear. Friend 2 200

Dear. Friend 3 202

RE: Dear. Friend 3 205

Dear. Friend 4 207

RE: Dear. Friend 4 208

Dear. Friend 5   210

RE: Dear. Friend 5   213

Dear. Friend 6   215

Yesterday 5   216

건조한 저녁   217

눈으로 말해요   219

Yesterday 6   222

Dear. 그대   223

오늘 밤은 통화하지 말아요   225

보이는 것과 보이지 않는 것들-금성   230

한국 남자들   233

고마워요, 내 사랑   236

Yesterday 7   239

불을 켜 놓으세요   241

종교 전쟁   243

론리 나이트   250

휴식 같은 영화-<카모메 식당>   252

1970년생 김민식 씨   256

HBS 57분 교통 정보   279

에필로그-저녁을 보내는 근사한 방법   282

프롤로그

프롤로그

내가 글을 쓰고 책을 출판하게 된 이유는 순전히 딱 한 가지이다.

나에게는 밑으로 두 여동생이 있다. 첫째 동생은 수학을 잘하여 수학과를 전공한 후 수학 학원의 원장이 되었고, 영어를 좋아했던 막냇동생은 영어영문학을 전공하고 또 아이들을 키우며 대학원에도 입학하여 영어 교육학 박사학위를 취득해서 지금은 광주의 모 대학에서 영어 교육학 교수를 하고 있다.

어느 명절날이다. 밤늦게 아버지와 술을 한잔하던 날이었다.

우리 어머니께서 손수 담그신 복분자주 한 주전자를 비우고 두 번째 주전자의 첫 잔을 드시고 잔을 술상에 턱 하고 내려놓으시면서 우리 아버지께선 이런 말씀을 하셨다.

"우리 집안에 국어가 없어… 국어가… 국어만 있으면 국·영·수 다 있는 건데…"

이건 순전히 나를 향한 힐난에 가까운 말씀이셨다. 하하.

그래서 나는 아버지와 아버지의 이런 핀잔 같은 말씀을 들은 나의 눈치를 살피던 어머니에게 당당하게 말했다.

"아버지, 엄마. 수학 학원 원장님도 좋고, 영어 교육학 박사 딸도 좋지. 그런데 국어 선생님보다는 작가 아들이 있는 건 어때? 국어 선생님보다는 아들이 작가라는 게 왠지 더 멋지지 않아? 이참에 책 한 권 내야겠네."

당시 상황을 모면하고자 급히 이 말을 그냥 무심코 던지고서는 명절 제사를 마치고 나는 다시 상경했다.

그러고는 일주일이 지났을까. 우리 어머니에게서 전화가 왔다.

"어, 엄마. 웬일이야? 무슨 일 있어?"

우리 어머니는 대뜸 이런 말씀을 하셨다.

"니 책 언제 나오냐?"

그 말을 들은 나는 정말 책을 내어 작가가 되어야겠다는 사명감 같은 게 가슴속에서 불같이 타올랐다. 우리 어머니께서 아들의 책을 들고 아들이 작가라는 말을 누군가에게 자랑스레 말씀하실 수 있는 효도, 평생 한 번도 못 해 드린 것 같은 이 효도를 한번 해 봐야겠다는 이유가 생겼다. 오직 그 이유 단 하나이다.

한편으로, 책을 펴내며 나도 여느 작가들처럼 이 책이 나오기까지 도움을 주신 사람들을 떠올려 봤다. 그런데 단 한 명도 없었다.

정말이지 단 한 명도 없을 거라고는 생각도 못 해 봤다.

굳이 도움까지는 아니더라도, 이 책이 나오게 된 주 배경엔 우리 아버지의 우리 집안에는 국어만 없다는 힐난과 하소연 그리고 지인들에게 자랑하고 싶은 우리 어머니의 전화 한 통이 있었다.

각설하고, 젊은 시절에는 절대 오지 않을 것만 같았던 40세를 이제 훌쩍 넘어서 어쩌다 이제 50세가 되어버렸습니다.

중년이 된다는 것, 그 기분 묘한 시점에 글을 써 본다는 것에 굳이 의미를 부여하자면 이미 중년이 되어버린 나를 한 번쯤 정리하고 노년의 인생을 향하여 다시 전진하는 과정이라 생각합니다. 반세기에 가까운 세월 동안 제가 지나온 발자국들이 그리 선명하게 보이지는 않지만, 제가 추구하던 가치관, 신념…. 그리고 삶을 대했던 태도를 잘 지키며 살았는지, 잘 기억하고 살았는지, 그리고 그걸 흩트리지는 않았는지…. 그리고 다시금 기억해서 고마워할 것들에게, 또 고마운 사람들에게 고마운 마음을 전하고 미안한 것들에 대해서도 미안하다고 해야 했는데 그렇게 하지 못했던 못난 나를 꾸짖으며 이제라도 미안한 마음을 전할 용기를 내는 과정을 언젠가는 해 보고 싶었습니다. 기억은 제 무의식 속에서 작동하여 스스로에게 유리한 쪽으로 왜곡되어 작동하는 것을 알기에 기억에 의존하기보다는 제가 과거에 썼던 그 날의 일기나 저의 낙서에 의존하여 좋은 기억과 나쁜 기억을 조심스럽게 구별해서 더듬어 봅니다.

행복했던 좋은 기억들은 휘발성이 강해서 쉽게 날아가 버리곤 합니다. 반대로 나쁜 기억은 절대 없어지지 않을 것 같은 그 언젠가 젊은 시절에 손목의 그은 자국이나 맹장 수술 자국처럼 평생 가슴속을 할퀴어 놓는다고 합니다.

우리가 살면서 아주 좋은 관계가 깨질 때 이런 상황은 더욱 극적으로 나타납니다. 마지막 헤어짐의 순간에는 언제나 서로가 영원할 것 같이 다짐했던 그 어떤 우정이나 사랑의 맹세는 애초부터 존재하지도

저녁을 보내는 근사한 방법

않았던 것처럼 어디론가 사라져버리고 온갖 비난과 상처만 남겨두고 헤어지곤 합니다. 참 슬픈 일이죠.

얼마 전에는 산책하며 행복이라는 것에 대해 깊이 생각해 보고 근 50년 동안 아주 작지만 '제가 품고 있었던 삶을 대하는 태도들이 어디쯤 와있을까?'라는 고민을 해 보았습니다.

> "사랑하면 알게 되고 알게 되면 보이나니 그때 보이는
> 것은 전과 같지 않으리라."

이 문장은 조선 정조 시대의 문인이었던 유한준의 명문장을 유홍준 교수님이 『나의 문화유산 답사기』에서 인용한 글귀입니다.

이 명문장은 우리가 이야기하는 통속적인 사랑이 아니라 우리가 살면서 굳이 먹고사는 데 아무런 영향을 주지는 않지만 그래도 살아가며 쉽게 겪는 모든 사물, 인간관계, 역사, 문학 등을 얼마나 애정과 관심을 두고 바라보는가에 따라서 모든 것이 다르게 보인다는 뜻입니다.

아주 오래전, 문학이 활자화될 수 없었던 시대에 한 권의 책을 완성하기 위해 몇 년이라도 공을 들여 추운 겨울밤마다 수도원에서 촛불에 의존한 채 잘 만들어진 양피지 위에 정성스럽게 한 자, 한 자 써 내려가는 이름 모를 수도승들의 필사의 노력으로 우리는 고전 문학을 읽을 수 있습니다.

그 이름 모를 어느 수도승의 인고의 시간을 떠올려 보면 어느 겨울밤 고요하고 깊어지는 침묵의 시간과 조우하게 됩니다. 또한, 그들의 필사(筆寫)의 노력은 우리가 고전을 읽으며 마음의 양식을 쌓고 인문

학적 소양을 넓히는 지평선이 되었습니다.

현실의 넉넉함보다는 마음의 넉넉함이 필요한 시기라고 저는 생각합니다. 마음의 넉넉함과 동시대의 아픔까지 같이 공유하는 인간에 대한 사랑으로 가득하기를 기원합니다.

사랑합니다.

다음에 기회가 된다면 제 나이 60 즈음에 한 번 더 써 보겠습니다.

당신의 눈동자에 건배

"음악 선곡이 좋으시네요."

이건 누군가가 나에게 했던 얘기가 아니다.

혼자 일산에 살기 시작한 그때부터 단골이었다가 이제는 오래된 단골이 되어버린 이자카야에 그날도 어김없이 혼자 저녁 겸 반주를 즐기고자 갔다. 그 이자카야는 3개의 테이블과 ㄴ자 형태의 바로 이루어져 있으며 낮은 조도로 부드러운 느낌의 LED 조명과 진한 오크색 원목에 헤링본 패턴으로 마감한 인테리어의 이자카야였다. 그래서인지 뜻 모를 일본어가 쓰여 있는 일본풍 홍등이 어수선하게 걸려 있는 그런 흔한 술집 거리의 이자카야와는 차원이 다른 분위기의 고급스러운 술집이다. 상호는 '류'이다. 나는 당연히 혼자여서 ㄴ자 형태의 바의 출입구 쪽에 있는 가장자리에 앉아 이 집 '류'의 셰프인 제임스(외국인은 아니다)에게 명란 오일 파스타와 닭 날개 구이 그리고 소주 한 병을 주문하며 물었다.

"제임스. 강 사장은 안 보이네?"

"아…. 예. 사장님은 장 보고 오시는데 차가 좀 막히나 봐요."

제임스는 그렇게 대답하며 요리 준비를 했다.

이 제임스라는 직원은 내가 이 집에 온 첫날에 등을 보이며 일하고 있었는데 어떤 야구유니폼을 입고 있었다. 그 유니폼의 등판에 'James'라고 적혀 있어서 그 뒤로 제임스라고 기억하게 되었다. 굳이 캐릭터를 예로 들어서 설명하자면, 음… 약간은 '곰돌이 푸'를 연상시키기도 하지만, 암튼 그 뒤로 그냥 제임스라고 부른다(본명은 기억이 나지 않는다. 뭐, 중요한 것도 아니니…).

여하튼 제임스는 초저녁이라 손님도 나밖에 없어서인지 요리를 준비하며 이런저런 세상 사는 이야기들을 물어보며 시간을 보냈다.

또 직원 중에는 '요한'이라는 이름의 셰프도 있는데 그날은 아직 출근 전인지 보이지 않았다. 좀 더 시간이 지나 어둠이 내려앉을 무렵에는 요한도 출근하여 부산스럽게 전 처리 준비를 했다. 이윽고 '류'의 주인이자 메인 셰프인 강 사장도 무언가를 잔뜩 들고서 문을 열고 나타났다.

"어~! 사장님, 오셨어요?"

나를 보며 강 사장은 얼른 인사했다. 나는 손을 들어 인사를 대신했다.

주문했던 요리가 나왔다. 나는 요리가 나오기 전에 이미 소주 한 잔을 빈속에 마신 터라 급하게 파스타를 한 스푼 감아서 먹었다.

'역시 파스타는 강 사장보다는 제임스가 만든 게 맛있어…'라고 생

　　　　　　　　　　　　　저녁을 보내는 근사한 방법

각하며 소주를 반병 정도 마셨을 때쯤인가. 문을 열고 여자 한 명이 들어왔다. 그리고 익숙한 듯 자연스럽게 바의 가운데 정도의 자리에 앉았다.

이 '류'에 3년 정도 다니면서 여자 한 명이 와서 혼자 술 마시는 게 처음 보는 상황은 아니었지만, 그렇다고 흔히 볼 수 있는 광경은 아니어서 난 조금은 의아하다는 생각으로 여자 손님을 힐끔 쳐다보았다.

가장자리 끝 쪽에 앉은 나는 그 여자가 바의 가운데 정도에 앉았기 때문에 대각선 방향으로 그 여자를 잘 볼 수 있었다.

음…. 뭐랄까. 체형은 남자들이 좋아할 만한 아담한 사이즈에 어깨 정도까지 내려온 단발머리였다. 아까 들어올 때 보니 단정해 보이는 크림색 7부 면바지에 하얀색 스니커즈, 화이트칼라의 면티에 내가 좋아하는 네이비색 카디건을 입고 있었다. 뭐… 평범하다면 평범하고 단정한 스타일이었다. 나이는 30대 중반 정도? 그러나 가장 의아하게 생각한 것은 내가 '류'를 다니는 동안 혼자 술 마시는 여자를 몇 차례 보았지만, 그 여자들의 공통점은 모두가 거의 만취 상태에서 이 집에 온다는 것이었는데 그녀는 멀쩡한 상태였다는 것이다(한 번은 만취 상태의 여자가 혼자 와서 내 옆에 앉는 바람에 난 그녀의 지루하고 알아듣기 어려운 술주정을 한 시간가량이나 들어 줘야 했다. 나중에는 신발도 벗은 채로 일어나 나가는 통에 냄새나는 신발까지 주워준 적도 있어서 혼자 술 마시는 여자에 대한 이미지가 그리 좋은 편은 아니었다).

그 기억을 떠올리는 와중에 그녀가 자리에서 일어나다가 갑자기 강 사장을 향해 입을 열었다.

"음악 선곡이 좋으시네요."

뉴에이지풍의 음악이 막 끝나고 쳇 베이커의 〈Look for the silver Lining〉의 연주 중 트럼펫 연주 부분에 여자가 뱉은 말이었다.

"엥…? 이건 또 뭐야…"

난 이 말을 내뱉을 뻔했다.

그 말을 들은 강 사장은 머쓱한 듯 수줍은 미소를 지으며 나랑 같은 메뉴를 시킨 여자의 명란 오일 파스타를 만들고 있었다. '뭐야, 이 시츄에이션은…. 이거 뭐지…?' 여자는 요리가 나오기 전에 산토리 위스키 하이볼을 시켜 음미하며 마시고 있었다.

아까 주문할 때 들어 보니 하이볼에 위스키를 더블로 달라는 얘기를 들었을 때도 좀 의아했는데 벌써 요리가 나오기 전에 위스키 더블 하이볼을 두 잔째 시키는 것이었다. '술을 잘 마시는 거야, 아니면 빨리 취하고 싶은 거야…' 파스타가 다 준비되고 강 사장이 직접 서빙하고 난 후 난 이상한 점을 느꼈다. 난 조금 이상한 느낌에 바로 앞에 있던 제임스에게 가까이 와 달라는 손짓을 하고는 그에게 조용하게 물었다.

"제임스…. 저 여자 손님 말이야…"

"예, 사장님…." 제임스는 대답했다.

제임스는 은밀히 물어보는 내가 더 궁금했던지 은밀하게 나에게 귀를 가까이 갖다 대었다.

"저 여자 손님…. 강 사장님 애인이지?"

내 질문에 제임스는 가뜩이나 동그란 눈이 더 동그래져서는 손사래

　　　　　　　　　　　　　저녁을 보내는 근사한 방법

를 치며 말했다.

"에이…. 아니에요, 사장님…. 최근 몇 번 온 손님인데, 조금 친해진 거죠." 하며 극구 부인하였다.

쩝…. 아닌데…. 내가 분명 뭔가를 봤는데…. 난 제임스의 말을 못 믿는 게 아니었다. 제임스는 분명히 그렇게 알고 있어서 나에게 자기가 아는 사실을 이야기한 것뿐이라고 생각했다. 그럼 요한이는 어떻게 알고 있을까? 난 요한이도 제임스와 별반 다를 바가 없다고 생각하고 요한이에게는 더 물어보지 않았다. 그 여자 손님이 가고 다른 손님들도 빠져나가 조금 한산해진 시간에 강 사장이 나에게 가까이 와 "사장님, 요즘 하시는 일은 좀 어떠세요?"라고 물어오자 난 이때다 싶었다.

"요즘 되는 게 어디 있어…. 그건 그렇고, 강 사장. 아까 그 여자 손님, 강 사장 애인이지?"

아예 당사자에게 대놓고 물어보는 게 좋겠다 싶었다.

"엥…? 무슨 말씀 하시는 거예요. 사장님도 참…."

강 사장은 말도 안 된다는 표정과 그저 허무맹랑한 이야기를 들은 사람처럼 나를 쳐다보며 실소를 머금었다. 그리고 덧붙여서 이렇게 이야기했다.

"그리고… 저 10살 아래의 임용고시 공부하는 애인 있는 거 아시잖아요."

난 그 사실을 알고는 있었다. 하지만 그때의 느낌은 지울 수가 없었다. 그렇지만 남의 사생활을 자꾸 캐물어 대는 것도 웃긴 일이라는 생각이 들자 머쓱해져서 더 물어보지는 않았다.

그리고 3일 정도 지났을까?

거래처 사장과 '류'에서 6시에 만나기로 하였는데 외부 미팅을 일찍 마치는 바람에 다른 업무를 하기에도 시간이 애매하여 좀 일찍, 그러니까 5시 40분경쯤에 내가 사는 오피스텔에 차를 주차하고 걸어서 '류' 근처에 도착했다.

'류' 앞에 거의 다 와 갈 즈음에 내가 본 광경은 나를 갑자기 미소 짓게 했다. '류' 바로 옆 가게는 횟집이었는데, 그 횟집의 수족관 앞에서 강 사장이 어떤 여자와 마주 서서 이야기하는 모습이었다. 바로 며칠 전의 그 여자 손님이었다. 난 고개를 숙이고 모른 체하며 '류'에 들어왔다. 아직 손님이 없는 시간이어서 그런지 제임스와 요한이 나를 보며 반갑게 맞아주었다.

"안녕하세요, 사장님~!"

난 손을 들어 인사를 대신했다. 그러곤 창가 쪽으로 오라고 손짓했다.

"제임스, 요한 씨. 이리 와봐."

제임스와 요한은 내 손짓과 말에 무슨 일인지 궁금해하는 표정으로 주방에서 나와 창가 쪽으로 왔다. 우리 셋은 모이자 난 창밖으로 보이는 횟집 수족관 쪽을 가리키며 말했다.

"봐봐. 내가 그랬지? 저 여자 손님 강 사장 애인이라고. 봐. 내 말이 맞잖아."

제임스는 여전히 동그란 눈을 더 크게 떴고 요한도 호기심이 가득한 눈으로 내 손가락이 가리키는 방향을 바라보았다. 우리 셋은 뭐

저녁을 보내는 근사한 방법

대단한 사건이라도 지켜보는 양 강 사장 쪽을 바라보았다.

"어, 진짜. 뭐… 무슨 관계 같기는 하네요, 사장님."

제임스가 의심스러운 눈초리로 말을 하자마자, 어느 순간 강 사장도 창 안쪽에서 자신을 지켜보는 우리 셋을 발견하고는 머쓱하고 어색한 미소를 지으며 여자의 팔을 당겨서 좀 더 멀리 걸어갔다. 아니, '피했다.'라는 표현이 정확하겠지… 창 안쪽의 우리 셋은 똑같이 '어디까지 가나?' 하는 생각으로 까치발까지 하며 바라보다가, 강 사장과 그 여자가 보이지 않는 곳까지 가버리자 각자의 자리로 돌아갔다. 돌아가며 제임스가 물었다.

"근데, 사장님. 그걸 어떻게 아셨어요? 신기하네."

나는 말 없이 그냥 웃기만 했다. 계속 보채듯 물어보는 제임스에게 뭔가를 말해 주려던 순간에 강 사장이 '류'의 문을 열고 들어왔다.

그는 세상에서 가장 어색하고 이상한 미소를 짓고 있었기에 난 제임스에게 하려던 말을 멈추고 그냥 나도 어색한 미소를 지어 보이며 테이블 자리에 앉아서 더 말하지 않았다.

제임스도, 강 사장도, 요한도, 나도 서로 아무 말도 하지 않았다 그냥 서로 각자 조용히 미소만 짓고 있었다.

바에 앉아있는 보통의 손님들은 주방 안쪽에서 바 테이블로 요리가 건네질 때 그 요리가 담긴 접시를 받으며 요리를 보는데, 그날 그녀는 요리가 담긴 접시를 받으며 요리를 보는 게 아니라 강 사장의 얼굴을 보며 접시를 받았다. 요리 따위는 중요하지 않다는 식이었다. 그리고 강 사장은 항상 한 손으로 요리 접시를 건네는데, 그날은 두 손으로

요리 접시를 들어 그녀에게 건네었다. 그리고… 가장 중요한 한 가지,
난 그녀가 강 사장을 바라볼 때 미묘하게 눈빛이 반짝이며 눈동자가
흔들리는 것을 보았다.

눈동자가 흔들린다는 건 낭만적인 일이다….

당신의 눈동자에 건배~!

저녁을 보내는 근사한 방법

라디오를 들어요

    TV를 안 본 지가 약 15년 정도 되어 간다.

    뭐, 특별한 계기가 있었던 건 아니었다. 그냥 그저 뭐 '꼭 TV를 보고 살아야 하나…' 그러다가 어느 순간부터 자연스럽게 안 보게 된 것 같다. 처음엔 좀 쑤시기도 하고 궁금하기도 했지만, 그것도 3개월 정도 지나니 특별한 욕구는 생기지 않았다. 그러고 보면 새로운 소식들은 자연스럽게 운전 중 라디오에서도 접할 수 있고 만나는 사람들도 뉴스에 대해 각자의 의견들을 내놓으니 알건 대충 알게 되고 사는 데 그리 불편하지도 않았다. 그러고 보면 사람 사는 데 있어서 세상 소식 같은 것들은 뭐 그리 많이 알지 않아도 일하고 먹고사는 데 아무 불편함이 없어 보인다.

    이런 습관은 오피스텔에 혼자 살기 시작해서도 마찬가지였다.

    다만 갑자기 찾아온 홀로 살기는 만만치도 않고 익숙하지도 않았으며 금세 적응되지도 않는 이상하고 기이한 삶의 방식이었다.

    나는 나보다 일 년 정도 더 빨리 혼자 살기를 시작한 친구에게 "혼자 사는 데 꼭 필요한 물건들이 뭐가 있을까?" 하고 문자를 보냈는데 그 친구 녀석은 이렇게 답장했다.

"둘이 사나, 셋이 사나, 혼자 사나 다 필요해."

난 말도 안 된다고 무시하고는 식탁에 앉아서 필요한 것만 우선 주문했다. 그런데 그다음 날부터 퇴근하고 나면 내 오피스텔 문 앞에 택배 박스들이 산더미처럼 쌓여있게 되었다. 그것도 한 3개월은 계속 그랬던 것 같다.

"둘이 사나, 셋이 사나, 혼자 사나 다 필요해."

이처럼 간단할 줄 알았던 혼자 살기는 정말 만만치가 않았다.

그것은 가족 간에 역할 분담을 이루던 기존 생활과는 정반대로 뭐든지 다 혼자서 해야 한다는 것을 의미했다. 일단 일상 속에서 뭔가를 결정하는 데 누군가와 상의할 사람이 없다는 것도 문제여서 뭐든 나 혼자 스스로 결정을 내리고 거기에 따른 책임도 나 혼자 져야 했다. 가령 예전 같았으면 누군가가 대표로 해 줬을 전입 신고부터 빨랫감을 쌓아놓으면 누군가는 빨래하고 또 다 된 빨래를 탁탁 털어서 건조대에 널고 그것이 마르면(왜 양말을 뒤집어 벗어 놓냐는 핀잔이 기억나고) 차곡차곡 개어서 각각의 빨래마다 가야 할 선반이나 옷장에 나누는 일들을 혼자서 다 해야 했고, 또 무언가가 먹고 싶다면 마트에서 장을 보는 일부터 장을 보고 집으로 들고 와 그 물건들을 냉장실, 냉동실, 선반 등 각자 있어야 할 자리에 배치하고 무언가를 해 먹기 위해 뜯고 자르고 다듬고 조리를 해야 했다. 그렇게 한참의 수고를 들여서 혼자 식탁 앞에 앉아 멍한 상태에서 그것이 맛있는지, 맛없는지도 잘 구별도 되지 않고 자신에게 "그냥 사 먹을 걸 왜 굳이 이렇게 장까지

봤냐?"라는 핀잔 비슷한 걸 하고는 잔뜩 기분이 안 좋아져서는 결국 야심 차게 준비한 요리는 반이나 남긴 채로 설거지통에 들어갔다. 그러곤 좀 쉴까 하다가 설거지통에 들어 있는 온갖 그릇들과 프라이팬, 각종 주방 기구들 그리고 음식물 찌꺼기들이 신경 쓰여 설거지를 시작한다. 설거지를 다 마치고 음식물 쓰레기를 처리하고 나서야만 비로소 뭐 하나 먹고 싶다던 욕구가 마무리된다. '이게 얼마나 비효율적인 일인가?'라는 생각이 들어서 그렇다면 이번에는 배달을 시켜 보자 하여 배달 앱을 켜서는 그날따라 갑자기 당기는 삼겹살 구이가 보여 배달을 시키고 나니 결국은 메인인 삼겹살 구이 하나 먹는데 플라스틱 용기가 작은 쌈장, 소스 용기까지 해서 여덟 개나 나온다. 포장을 뜯고 각각 랩에 싸인 용기들을 랩을 뜯어 식탁 위에 늘어놓고 하나하나 까는 순간부터 이미 기분은 안 좋아진다. 먹는 둥 마는 둥 먹고 나니 아무리 플라스틱이라도 대충 설거지는 하고 버리자는 생각에 설거지하면서 음식물 쓰레기와 분리수거 거리가 다시 생기고, 다시 짜증 같은 게 저 안에서 올라온다.

"아, 몰라. 그냥 사 먹을 거야."라고 중얼거리며 며칠 동안은 인근 식당들을 동네 불한당처럼 두리번거리다가 꼭 그날 먹고 싶은 메뉴의 식당들은 한창 식사 시간인지 자리가 꽉 차 있거나 자리가 한 자리 정도밖에 없으면 주인의 눈치를 보며 먹기는 싫어서 관두고, 그러다 보면 생각도 안 하던 짜장면이나 한 그릇 사 먹고 들어온다. 그런 날은 배는 부른데 기분은 나쁜 이상한 상태가 된다. 그렇게 몇 번의 시행착오들을 겪으며 조금은 번거롭더라도 다시 집에서 해 먹자고 굳게 다짐을 하여 뭔가를 먹을라치면 이전에 사놓았던 각종 재료며 양념

류들의 유통기한이 이미 지나버린 걸 알게 된다. 그걸 확인할 때는 내 정신이 어두운 물속으로 가라앉는 것을 느끼게 된다. 그런 우울증 증세가 스멀스멀하다가 비 오는 날만 되면 증세가 더욱더 심해지는 것이었다. 관리비 고지서 수령, 관리비 납부, 빨래, 침구류 정리, 집 안 청소, 욕실 청소, 쓰레기 분류며 음식물의 처리 등 예전에는 누군가 대신해 주었을 만한 것들이 잠깐이라도 한눈을 팔거나 놓치게 되면 그것들은 금세 나의 수고를 더해야만 해결되는 문제들로 내 앞에 나타났다. 결국 나를 괴롭히는 건 밖에만 있는 게 아니라 내가 사는 공간 안에도 비일비재했다.

가끔 술자리에서 그런 내 모습이나 내가 토로하는 말들이 조금 걱정되었던지 친구 같은 후배 명오는 "형. 우울할 땐 그냥 넋 놓고 있지 말고 TV를 봐요."라고 조언 같지도 않은 조언을 했고 친구 같은 거래처 김성진 사장은 더 걱정되었는지 아예 어느 날 사무실로 TV를 한 대 상자째로 가지고 올라왔다. 받았으니 집으로 가져오긴 했지만, 굳이 어느 통신에 연락하여 TV 유선 방송을 신청하고 싶지도 않았다. TV를 계속 보다 보면 TV 바보가 될지도 모른다는 불안한 생각이 들었고, 와이파이도 신청하라고 할 텐데 굳이 집에까지 와서 와이파이를 써야 하나 싶어서 아무것도 신청하지 않고 그냥 음악만 듣고 지냈다. 그런 우울한 시간이 얼마나 흘렀던가?

매일 침침한 방 안에서 음악만 듣고 있으면 우울증 증세가 더 심해지는 것 같아서 누군가의 조잘거리는 말소리라도 듣고 싶은 생각에 라디오를 사는 게 좋을 것 같다고 생각하고 퇴근 후 가까운 마트를 향했다.

이것저것 저녁 찬거리(거의 일회용 음식)를 사고 가전 코너에 들러 라디오도 하나 사서는 마트를 나서는데, 갑자기 소나기가 거의 양동이로 물을 붓듯이 쏟아졌다. '이걸 어쩌나…. 비가 그치기를 기다릴까. 금세 그칠 듯도 하고…' 잠깐 고민하는 사이에 출구 포장대에 놓여 있는 라면 박스가 눈에 띄었다. '그래. 언제 그칠지도 모르는데 그냥 박스를 머리에 쓰고 달려가자.'라고 맘을 먹고 좀 두꺼운 박스를 골라 머리에 쓰고 집으로 달렸다. 비는 와도 너무 많이 왔다. 오피스텔 입구에 도착하니 두꺼웠던 종이 박스는 머리 쪽만 써서 그런지 거의 흐느적거리는 삼각뿔 모양이 되어버렸고(유리문에 비친 내 모습이 사오정 같았다) 나는 물에 빠진 생쥐 꼴이 되어 온몸은 거의 쥐어짜면 물이 줄줄 나올 정도로 젖어버렸다.

괜스레 기분이 우울해졌다.

그런 우울한 기분으로 집에 들어와 찬거리를 냉장고에 대충 쑤셔 넣고 라디오 박스를 뜯어 콘센트에 플러그를 꽂은 다음 주파수를 맞추었다.

마침 라디오에서는 듀크 조던 트리오의 〈Everything Happens To Me(나에게 일어나는 모든 일들)〉이라는 감미로운 멋진 재즈곡이 흘러나왔다.

'나에게 일어나는 모든 일들이라…. 그래. 세상 모든 일이 하나도 안 비켜 가고 나에게만 다 일어나는 것만 같다.'라는 생각이 들어서 난 기분이 별로 나아지지 않는 걸 느끼며 젖은 옷들을 바닥에 벗어던지고는 샤워를 했다. 빗물에 젖어있던 몸을 따뜻한 물로 씻으니 기분이 조금 나아지는 듯했다.

샤워를 마치고 욕실을 나오는데 라디오에서는 딕 휘밀리의 〈나는 못난이〉가 흘러나오고 있었다.

나는 기분이 다시 몹시 우울해졌다.

저녁을 보내는 근사한 방법

KBS <주말의 명화> 오프닝 시그널 대한 추억

어릴 적, 주말 밤에 9시 뉴스가 끝나갈 즈음이면 아버지는 일찌감치 불을 끄고 진지하게 자리를 잡고 앉으셔서 퍼렇게 느껴지는 TV 화면에 시선을 고정하셨다.

이른 잠이 많으신 어머니는 벌써 등을 돌려 누우신 지 오래였고 젊은 아버지와 어린 아들은 비장한 모습으로 온 신경을 화면에 집중한다. 어린 아들인 나도 일주일 내내 기다려온 시간이기에 젊은 아버지 못지않은 진지함(?)을 눈빛으로 서로에게 사인을 보낸다.

이제 서로 말을 걸면 안 되는 시간이 다가오는 것이다.

드디어 22시.

빰빠밤…. 빠빠바밤…. 빠바밤…. 빠바빠바바바 빠바밤….

장엄하고 아름다운 <아랑후에스 협주곡(Concerto de Aranjuez)>이 오프닝 시그널 음악으로 흐르며 수많은 명화의 장면과 아카데미상의 금색 트로피들이 정신없이 화면 앞을 지나간다.

이 아름다운 클래식 기타 협주곡은 스페인의 작곡가이자 기타리스트인 호아 퀸 로드리고(Joaquin Rodrigo Vidre)의 작품으로, 그는 1901 년경에 스페인의 발렌시아(Valencia)주 북부에서 태어나 프랑스에서 음악 수업을 받았다.

'아랑후에스'는 스페인 마드리드에서 남쪽으로 40㎞ 정도 떨어진 옛 도시의 지명으로, 그곳에는 프랑스 베르사유 궁전을 모델로 삼아 무려 44년이라는 기간 동안 지은 건축물이 있다. 그 궁전은 대항해시대를 풍미했던 스페인 사람들에게는 자부심의 상징과도 같은 위대한 건축물이다. 로드리고는 신혼 시절을 '아랑후에스'에서 지내며 그 당시에 느꼈던 감정을 간직하다가, 이후 시간이 흘러 그 역사와 영화에 관한 향수를 가지고 파리에서 그 느낌을 이 협주곡으로 승화시켰다.

이 부분에서는 문득 프란체스코 타레가의 클래식 기타곡인 〈알람브라 궁전의 추억〉이 오버랩된다.

불행히도 로드리고가 3살 때 완전히 시력을 잃은 맹인 작곡가라는 사실은 세간에 잘 알려지지 않았다. 그는 보통 사람들이 보고 느끼는 시각적인 교감이 아니라 눈에 보이지 않는 저 너머에 있는 상상력의 나래를 펼쳐서 이 곡을 작곡했다.

그리고 그는 건강하게 오랫동안 잘 살다가 1999년경에 '아랑후에스'에 있는 부인 묘지 곁에 묻혔다.

자~! 오늘도 멋진 서부 영화가 이제 시작이다. 아~! 그 추억들….

〈하이눈〉, 〈OK 목장의 결투〉, 〈황야의 7인〉, 〈내일을 향해 쏴라〉, 〈무숙자〉, 〈석양의 무법자〉…. 그 수많은 멋진 명화들, 그 멋졌던 나의 영웅들은 어디에 있을까? 사정없이 악당들을 향해 쏘아대던 그 영웅들을 다시 보고 싶다. 아버지와 그 시절로 돌아가 다시금 어두운 방

안에서 아버지와 같이 영화를 보고 싶고, 그리고 이제는 그 시절 아버지의 나이보다도 내 나이가 훌쩍 넘었으니 나도 아들 녀석을 옆에 꼭 앉혀 놓고 같이 주말 밤에 조용히 영화를 보고 싶다. 아버지, 사랑합니다. 항상 건강하세요.

저녁을 보내는 근사한 방법

백석(白石) 시인

〈남신의주 유동 박시봉방(南新義州柳洞朴時逢方)〉이라는 아름다운 시가 있다.

제목이 조금 특이한데, 이 시의 제목을 볼 때면 어떤 편지를 보낼 때 발신인의 주소를 적은 것 같이 느껴진다.

'신의주 남쪽에 있는 유동이라는 동네에 사는 박시봉이라는 사람의 집(방)에서'라는 의미의 제목이다.

바로 내가 가장 사랑하는 백석 시인이 1948년 10월에 발표한 작품이다.

이 시의 화자는 백석 자신이다. 외로움과 슬픔과 어리석음으로 점철된 자신의 처지와 신세를 노래하는 듯한 시인데, 북방에서의 추운 겨울날, 자기 가족들과 멀리 떨어져서 타지의 낯선 사람의 방을 하나 얻어 칩거한 채로 자기 자신의 과거와 현실을 돌아보고 자신의 처지와 신세를 한탄과 슬픔으로 노래하며 얼굴이 화끈거릴 정도로 부끄러웠던 과거의 삶을 후회하면서 괴로워한다. 하지만 자신이 어찌할 수도 없고 거역할 수도 없는 훨씬 크고 높은 무언가의 존재를 인정하고 그 회한의 고독과 슬픔 그리고 한탄에서 벗어나 새롭고 고요한 마음의 정화를 얻어 현실의 세상과 굳건히 맞설 수 있는 굳세고 정한 갈매나무라는 상징을 통해 다시금 현실을 당당하고 올곧이 걸어갈 수 있는 자신의 존재를 시 속에 투영한다.

또한, 개인적인 의견이지만 백석 시인의 시 중에는 전 세계 어떠한 사랑의 연시보다도 위대한 시이자 노벨상감이라고 해도 손색이 없는 연인을 향한 연시가 있다.

〈나와 나타샤와 흰 당나귀〉라는 시다.

이 시는 백석 시인이 기자였던 시절, 대원각의 기생이었던 김영한이라는 여인에게 자야(子夜)라는 애칭을 지어 주고 서로 사랑하는 연인이 되었지만, 불행히도 당시 집안의 완고한 반대로 두 연인이 끝내 인연을 맺지 못하고 북쪽의 고향으로 갈 수밖에 없게 된 백석이 자야를 떠나며 손수 써준 시이다.

그 후로 세월이 흘러 전쟁이 발발하고 백석은 더는 남으로 돌아오지 못하였다. 이후 자야(김영한 여사)는 평생 백석을 그리워하며 대원각이라는 요정을 운영하다가 1997년경에 법정 스님에게 당시 1,000억이 넘는 가치의 대원각을 시주하였다. 스님은 너무도 큰 시주에 극구 거절했지만, 자야 여사는 "그 어떤 큰 가치도 그분의 시 한 구절 가치도 안 된다."라는 유명한 명언을 남기고 대원각을 시주했다. 그 후 대원각은 법정 스님에 의해 지금은 길상사라는 사찰로 유명하다.

이런 위대한 시인에게 북한 권력은 창작과 번역 등 문학적 활동을 못하게 하고 시인에게 펜보다는 삽과 호미를 쥐여 주고 농사를 강제로 시켰다. 그는 그렇게 지내다가 1996년 북한 삼수군 관평리에서 사망했다.

그리고 나는 백석 시인의 시 130편을 필사하였다.

저녁을 보내는 근사한 방법

나와 레이와 알버트

　내가 알버트를 처음 만난 건 보르네오섬에 온 지 두 달여가 지났을 때였다. 아, 참. 그러고 보니 먼저 내가 이곳 보르네오섬까지 오게 된 사연을 말해야겠다. 내가 다니는 회사는 필리핀과 인도네시아 그리고 말레이시아 숲에서 벌목 사업을 하는 회사이다. 각지에서 벌목한 나무를 수입한 후 용도와 필요 수요에 맞춰 가공 후 목자재를 만들어 각 대기업 자재 회사와 각 지역의 목재상에 목자재를 공급하는 회사이다. 그중에서도 보르네오섬에서 자라는 나무의 기본 품질이 최상급이라고 해서 이곳 해외에 사업을 시작한 지 꽤 오래되었다. 벌써 30년 넘게 보르네오섬에 무역 사무소를 두고 있는 것이다. 벌목하는 나라가 하필이면 열대 지역인 나라들이라 벌목 사업 외에도 열대과일까지 수입하여 각종 대기업 마트와 대규모 수입 과일 딜러들에게 납품하는 사업부의 매출도 꽤 괜찮다는 이야기를 들었다. 물론 그 부서는 내가 굳이 이곳까지 와서 업무를 해야 하는 부서는 아니었다.

　난 경영지원실 근무로 해외 사업과는 거리가 먼 부서다. 그런데 내가 왜 이곳에 와 있는 것일까. 나는 40대 중반에 혼기를 놓친 탓에 그저 회사에 다니는 과장급의 회사원으로 나이는 나이대로 먹은 건 조하기가 이를 데 없는 냉소적인 싱글이다. 시간이 지날수록 결혼과는 점점 멀어지는 나이를 향해 달려가고 있었고 "이럴 바에는 차라리 비혼주의자로 남겠다."라고 선포하려 했을 때 우리 경영지원실 정 실장님 사모님의 소개로 만나게 된 어떤 아가씨, 그러니까 나보다 4살 아래로 노처녀인 그녀와 조금은 진지한 만남을 2년 넘게 유지하게 되었다. 어느 날 그녀와 만나기로 한 커피숍에서 그녀가 앉자마자 아무 말도 없이 갑자기 핸드백에서 결혼 청첩장 봉투를 내미는 것이었다. 조금 황당한 기분으로 그 청첩장을 들어 봉투를 열어 보니 그 청첩장 봉투의 신랑 이름에 '김명식'이라고 떡 하니 내 이름이 인쇄되어 있는 것이었다. 나는 당황스럽기도 하고 또 사실은 좀 웃기기도 했다. 평소 농담 한마디, 애교 한 점 없는 그녀는 조용하고 진지한 성격의 소유자라 그런 장난을 치는 성격이 아니라고 생각했는데 그런 그녀가 이런 이벤트성, 그러니까 요즘 말로는 서프라이즈 이벤트 같은 것을 할 줄은 상상도 못 했던 것이다. 난 그녀가 왠지 사랑스럽게 느껴졌다. 그래서 웃으며 말했다.

"봉투 재질도 고급스럽고 디자인도 고급스러워요. 그런데 이런 면도 있었어요? 참신한데? 근데 날짜는 언제인데요?" 난 겉장을 펼치고 속지를 보며 말했다. 정확히 1년 후 오늘 날짜였다. 오후 1시 라움 웨딩홀. 난 더 환하게 웃으며 말했다.

"하하하. 이거 제대로 만들었네요. 근데 이거 한 장 만드는 데 얼마 준 거예요?"

　　　　　　　　　　　　　저녁을 보내는 근사한 방법

그녀가 입을 열었다.

"우리 집 300장, 명식 씨 집 300장 만들었어요. 그리고 웨딩홀도 진짜로 예약했고요."

그녀는 진지하고 굳은 표정으로 나를 바라보며 말했다.

난 갑자기 뭐라 할 말이 떠오르지 않아 앞에 놓인 커피잔을 들어 한 모금, 두 모금… 그리고 세 모금 정도를 천천히 마시고 컵을 내려놓았다.

"지금 이게 뭐 하는 거예요? 이런 걸 나하고 상의도 안 하고 진행하는 이유가 뭐예요? 그리고 우리 처음 만났을 때, 우리 둘 다 똑같이 비혼주의자라고 서로의 의견을 분명히 밝히고 만나기로 한 거잖아요."

화가 나는 건지 갑자기 내 몸이 뜨거워지는 걸 느꼈지만, 최대한 내색 안 하려고 노력하며 말했다.

사실 저번주에 만났을 때 그녀가 슬그머니 결혼이라는 것에 대하여 어떻게 생각하느냐는 질문을 넌지시 하긴 했지만, 난 대답 없이 그냥 살짝 웃기만 했다. 나의 그 웃음은 "우리가 본의 아니게 거절하기 어려운 사람으로부터 부탁을 받아 어쩔 수 없이 나오기는 했지만, 막상 만나고 보니 서로 비혼주의자인 게 참 다행이라 교제를 시작해 보자 하여 여기까지 오게 되었으니 그런 이야기는 꺼내지 말라."라는 대답을 대신한 웃음이었다.

"생각이 바뀌었어요. 결혼이라는 걸 한번 해 봐야겠다는 생각이 들었어요. 뭐, 평생 한 가지 생각만 고집부리며 살 필요도 없잖아요. 하여튼 난 결정했고, 명식 씨만 오케이하면 준비는 내가 천천히 할 테니 대답만 해 줘요."

그녀는 아주 단호한 표정으로 내 눈을 정확히 바라보며 말했다.

"내 대답은 노입니다. 결혼? 안 합니다. 됐죠?"

나 또한 단호하게 답했다.

그녀는 아무 말도 없이 나를 눈이 뚫어져라 한참 쳐다보았다. 내가 계속 눈을 맞추고 있기가 힘들 정도로 나를 오랫동안 쳐다보았다. 얼마나 시간이 지난 걸까. 눈을 깜빡거리는 것도 어색하여 계속 쳐다보다가 눈에서 눈물이 나올 지경이었다. 우리는 그렇게 눈싸움이라도 하듯 한참을 말없이 마주하고 있었다. 그 긴 정적을 깬 건 그녀의 한마디였다.

"그럼 우리는 더 이상 만나면 안 되겠네요."

그 말을 하고는 그녀는 자리에서 일어서며 다시 말을 이어갔다.

"다시 생각해 보세요. 이번 주까지만 기다릴게요. 그리고 난 결혼이라는 것을 꼭 해볼 거예요."

그렇게 그녀는 뒤돌아서 속절없이 나가 버렸다. 난 주말에 그녀에게 문자를 보냈다.

"내 대답은 커피숍에서의 대답과 같습니다."

그녀에게서 문자에 대한 답은 오지 않았고 그녀를 그 후로 만나지는 못했다. 그 일이 있은 지 7~8개월 정도 흘렀을까. 그녀가 나에게 보내 준 우편물이 회사로 도착했다.

그녀의 결혼 청첩장이었다. 그때 나에게 건넨 청첩장과 똑같은 종이, 똑같은 재질에 똑같은 디자인이었다. 물론 신랑의 이름 란에는 다른 사람의 이름이 인쇄되어 있었다. 세상 참 잔인하다고 생각했다.

다음 날, 난 내 부서인 경영지원실의 직속상관인 정 실장님께 해외 파견 근무를 요청했다. 사실 우리 부서는 해외 파견 근무 신청 자격이 안 되는 부서였다. 정 실장님도 사모님께 이야기를 듣긴 했겠지만, 굳이 내색하지는 않으셨다. 다만 "굳이 이렇게까지 할 필요가 있겠나?"라는 조언을 하시면서 해외 사업부 담당 부장이 동기라며 요청을 해 보겠다고는 하셨다. 대화를 나눈 지 일주일이 지나자 해외 사업부에서 나를 호출하였다. 정 실장님의 동기인 해외 사업부 신 부장님과의 면담이었다.

형식적인 면담이었고, 결국 정 실장님의 요청으로 거의 파견을 확정하고 나의 최종 의사를 묻기 위한 자리였다. 그 자리에서 신 부장님은 직원이 가져온 해외 근무 신청서와 기밀 유지 서약서 그리고 보르네오섬 현지에서 업무 및 생활 기간 동안 주의해야 할 점을 상세하게 나열해놓은(그러니까 반군 지역에는 들어가지 말 것과 출국하기 전에 말라리아 예방 백신을 맞아야 한다는 사항들이 빼곡하게 쓰인) 종이 몇 장을 주시고는 날짜는 30일 안에 정해질 거라고 이야기하셨다. 또한, 해외 파견 근무 기간은 최대 3년으로 본인이 원하면 2년 만에도 올 수는 있다고 했다. 그리고 순환 근무 제도 도입으로 다른 대기 신청자가 있으면 3년 후 재연장은 불가하다고도 공지했다. 그렇게 해서 난 코타키나발루행 비행기에 몸을 실었다. '3년… 금방일 거야… 다 잊어버리는 데 충분할 거야.' 비행기가 이륙할 때 그 생각을 했던 것 같다.

내가 하는 업무는 그리 복잡하지는 않았다. 원래 보르네오섬 파견 근무는 주로 벌목 사업 업무가 주력 사업인지라 그쪽 사업 업무에 투입되는 것으로 알고 있었는데, 신 부장님께 정 실장님이 어떤 부탁을 했는지는 잘 몰라도 과일 수입 관련 업무를 맡게 되었다. 업무라고 해 봤자 오전에 사무소에 잠깐 출근해서 당일 해당 서류를 출력하고 공항 선적장에 나가 주로 바나나를 위주로 한 각종 열대과일의 화물 중량과 무작위로 과일들의 선도와 당도를 점검하여 기준에 맞으면 선적 서류를 작성하여 공항 비즈니스 센터에서 무역 사무소로 이메일을 보내고 사무소에서 정식 승인 답변이 오면 미리 준비해 온 서류를 취합하여 공항 화물 항공기 출국장에 제출한 후 공항 세관 담당자의 서류 검토와 형식적인 화물 검수를 마치고 화물이 선적된 항공기가 이륙하는 것까지 보는 것이었다. 그것으로 내 하루 업무는 마무리가 되었다. 그것도 매일 하는 일이 아니라 일주일에 2~3일 정도 화물 선적 확인 절차를 마치고 나머지 날들은 바나나 농장이나 거래처 농장들에 들러 수출 수량과 항목을 서로 확인하고 과일들의 상태를 점검하는 정도의 일을 보았다. 금요일에는 2~3일 동안 선적하여 보냈던 총 화물의 품목과 중량, 해당 항공기 식별 번호, 이륙 시간 등 자잘한 항목들을 정리해서 회사 공용 시스템에 업로드하고 나면 나의 일주일의 업무는 그걸로 끝이었다.

말이 너무 길어진 듯하다.

그래서 다시 말하자면, 내가 알버트를 처음 만난 건 보르네오섬에 온 지 두 달여가 지났을 때였다. 장소는 어디였나 하면 보르네오섬에 있는 택시기사 레이의 집에서였다. 레이는 내가 처음 코타키나발루 국제공항에 내려서 공항에서 회사에서 정해 준 숙소가 있는 파파르라는 시의 작은 호텔로 가기 위해 택시를 탔을 때 처음 만났다. 레이는 내가 인쇄해 온 호텔의 사진과 말레이어로 써진 주소를 보더니 금세 알았다는 듯 손으로 오케이 표시를 하고 웃으며 시동을 걸었다. 30분 정도 운전을 하는 동안 얼마나 많은 말들을 쏟아내던지, 난 비행 때문에 피곤한 느낌이 들었던 터라 근근이 아주 작은 목소리로 짧게 대답만 해 주었다. 숙소에 도착한 레이는 나에게 자신의 연락처를 쓴 메모지를 주고는 언제든 필요할 때 전화하라는 말을 잊지 않았다.

다음 날 오전에 회사의 무역 사무소로 본격적으로 출근하기까지 3일 정도는 여유가 있어서 보르네오섬이나 구경하자는 생각에 레이에게 전화했다. 전화를 받은 레이는 나의 목소리를 금세 알아차리고는 공항 근처이니 금세 호텔로 가겠다고 말한 뒤 20분 만에 호텔 앞에 도착했다. 그렇게 이틀 정도 레이의 택시를 타고 보르네오섬의 관광지라 할 만한 곳을 둘러보았다. 저녁나절이 될 무렵, 레이는 그날 저녁은 자기의 집에 가서 먹자는 제안을 해 왔다.

레이는 이미 그의 부인에게 나에 대해서 몇 번을 이야기했다고 한다. 내가 출근하면 당분간 보기 힘들 수도 있으니 레이의 부인인 테아가 나를 꼭 집으로 데려오라고 당부했다는 것이었다.

나는 흔쾌히 초대에 응하고는 근처 꽃가게에서 바이올렛을 한 다발 사서는 레이의 차에 올라탔다.

내 숙소에서 30분 정도 더 운전해서 도착한 레이의 동네는 코타키나발루에서 서남쪽으로 이어진 해안선을 따라 형성된 쿠알라픈유라는 동네였다. 한국으로 따지자면 작은 시골의 어촌 마을 같은 곳이었는데, 그곳은 오히려 브루나이 왕국과 가까운 지역이라 레이는 자기 동네가 차라리 브루나이 왕국의 관할 지역이었으면 한다는 아쉬움도 이야기했다.

그렇게 저녁나절에 도착한 레이의 집은 그리 크지 않은 바닷가 앞에 위치해 있었다. 이미 관광객들이 끊긴 해변의 망루나 샤워장 같은 시설들은 왠지 연인에게 버림받은 사람처럼 쓸쓸하고 황량하게만 느껴졌다.

　　레이의 집은 집이라기보다는 관광객들의 공용 공간이나 체크인 하우스 같은 느낌이 들었다. 레이에게 물어보니 레이의 아버지가 학교에서 정년퇴직하신 후 퇴직금으로 관광객들을 상대로 방갈로 10채를 지어 장사하였는데, 한창때는 그런대로 관광객들이 북적거렸으나 최근 10년 전부터는 코타키나발루가 번성하는 통에 관광객도 많이 끊기고 때마침 몇 년 전 큰 태풍으로 다섯 채의 방갈로가 흔적도 없이 태풍에 휩쓸려 나가서 지금은 다섯 채만 운영한다고 했다. 그중 한 채는 일 년에 육 개월 정도만 사용하는 노르웨이 국적의 노부부가 매년 일 년 치를 선불로 내면서 사용하고 있고 또 한 채는 이자벨이라고 하는 러시아 여자가 사용한다고 했다. 그녀는 이 방갈로에서 사람들에게 문신해 주는 일을 한다고 했다. 그녀 또한 이곳이 한창 호황일 때는 관광객들에게 문신을 해 주며 수입이 꽤 짭짤했다고 하는데, 지금은 손님이 거의 없고, 가끔 소문을 듣고 찾아온 현지인들을 위주로 일한다고 했다. 그리고 레이의 집은 내가 예상했던 대로 체크인 하우스 역할을 하는 용도와 방갈로를 쓰는 손님들의 음식 조리나 저녁나절에 술이나 한 잔씩 하기 위한 공간이었다. 그 위의 2층이 레이 부부가 기거하는 공간이었다. 레이의 안내로 집 앞으로 다가가던 나는 나를 보자마자 환하게 웃으며 반겨주는 중년의 여인을 보고 그녀가 레이의 부인인 테아임을 단번에 알아차렸다. 나도 환하게 웃어 주며 가져온

　　　　　　　　　　　　　저녁을 보내는 근사한 방법

바이올렛 꽃다발을 건네고 저녁 식사에 초대해 주어서 진심으로 감사하다는 말을 잊지 않았다.

그날 저녁, 테아는 나에게 말레이시아 전통 음식인 나시고랭이라는 음식을 해 주었다. 우리나라로 치자면 볶음밥 같은 거였는데 고기와 계란, 닭고기 정도를 볶아서 만든 음식이었다. 나는 전혀 이국적이지 않고 내 입맛에 딱 맞는 음식 같은 나시고랭을 맛있게 먹으며 왠지 이 보르네오섬에서의 생활이 그럭저럭 괜찮을 것 같다는 생각이 들었다. 테아가 후식으로 차를 내어 와서 그 찻잔을 들고 레이가 이끄는 대로 바닷가 테라스로 나갔다. 이제 막 어둠이 땅 위에 내리기 시작한 보르네오섬의 밤바다는 파도 소리만 가끔 들려왔다. 아직도 열기와 습기가 느껴지는 저 인도양에서 불어오는 해풍이 내 얼굴을 부드럽게 핥듯이 스쳐 지나갔다.

내 오른편 가까이에는 밤보다 더 어둡게 느껴지는 숲이 있었는데, 반딧불이들이 한창인지 마치 모닥불이 다 타들어 가고 남은 숯의 일부들이 하늘 높이 훨훨 올라가는 것처럼 보였다. 또 언뜻 보면 움직이는 크리스마스트리처럼 보이기도 했다. 문득 그녀가 보고 싶어졌다.

내 정신이 산만한 건지, 왜 알버트 얘기를 하다가 자꾸 딴 쪽으로 이야기가 흘러가는지 모르겠다.

알버트를 만난 날은 아까 말했던 것처럼 내가 보르네오섬에 와서 2개월 정도 지난 시점이었다. 회사에서 숙소로 정해준 파파르시의 작은 호텔에서 지내며 주말에는 레이의 차로 인근 지역도 살피고 관광도 하는 나날들이 흘러갔다. 또 평일 중 이틀 정도는 파파르시에 있는 무역 사무소에서 코타키나발루 국제공항에 업무차 갈 때 회사 차량이 여유가 없으면 레이의 택시를 이용했다. 나와 레이는 거의 동년배였던 데다가 말수가 적은 나와는 달리 친근하고 사교성 좋은 레이 덕분에 우리는 꽤 빨리 친해졌다.

그날도 공항으로 가는 차 안에서 레이는 자기네 집 방갈로에서 지내는 게 어떻겠냐고 물어 왔다. 물론 회사와는 훨씬 거리가 멀지만, 그렇게 매일 혼자 호텔 방구석에 처박혀서 은둔 생활을 하듯 지낼 게 아니라 시원한 해변도 가까이 있고 방갈로 비용이 호텔 비용보다도 더 저렴하고 아무래도 가까이 있으면 테아가 저녁 식사며 먹을거리도 챙겨 줄 수 있다는 것이 이유였다. 그리고 가장 중요한 건 어차피 레이는 아침마다 공항으로 가야 하니 나를 태우고 지나는 길에 파파르에 있는 회사에 내려 주고 공항으로 가겠다는 제안이었다.

사람이 그리워서였을까. 나는 레이의 제안에 솔깃한 마음이 들었지만, 그건 단순히 내가 자유롭게 선택하는 것이 아니라 회사에 내 거주지가 변경되는 것을 승인받아야 했기에 "그 승인만 된다면 난 아주 긍정적으로 생각해 보겠다."라고 했다.

나는 뭐든 결정하면 서두르는 성격이라 레이의 제안을 받은 다음 날 아침에 회사에 출근해서 무역 사무소 김 소장님과 상의하였다. 그건 본사의 해외 사업부 신 부장님의 결재를 받아야 하는 문제이니 기안을 올려보겠다는 대답을 들었다. 나는 공항으로 가는 길에 신 부장님에게 전화를 걸어 자초지종을 이야기하고 승인을 부탁하였다.

그 주 금요일이었다. 아침에 출근하니 김 소장님은 새로 옮길 거주지의 정확한 주소와 그 집의 연락처 그리고 집주인의 연락처 등 몇

　　　　　　　　　　　　저녁을 보내는 근사한 방법

가지 확인해야 할 사항들을 꼼꼼히 점검하고는 신 부장님이 결재하셨다고 이야기해 주었다. 그리고 나는 바로 다음 날인 주말에 레이의 방갈로로 테아의 환대를 받으며 짐을 옮겼다.

내가 기거할 방갈로는 레이의 집에서 50미터 정도 떨어진 오른편 첫 번째 방갈로였다. 앞서 말했듯이 내 방갈로를 시작으로 약 30~40미터 거리로 다섯 개의 방갈로들이 바닷가에 자리 잡고 있었다. 내 방갈로 다음은 문신 일을 하던 러시아 여자 이자벨의 방갈로였고 다음은 노르웨이 부부가 차지한 방갈로, 그다음 2개는 아직은 비어 있었다.

밖에서 본 내 방갈로는 넓고 완만하게 경사진 원뿔 모양의 목조 지붕에 처마는 길고 넓게 이어져 있었다. 그 처마 위부터 나무 바닥까지 듬성듬성 기둥 역할의 나무가 심겨 있었고 또 그 나무 기둥을 서로 잡아주는 가로로 된 나무 난간이 문 입구 양쪽으로 서 있었다. 또 양쪽 벽에는 크지 않은 창문들이 나 있었다. 내 짐을 나눠 들고 레이가 안내한 방갈로는 혼자 지내기에 불편함이 없을 정도였다. 열쇠로 문을 열고 들어가면 15평 정도 되는 공간에 벽은 없지만, 가운데에 큼지막한 라탄 재질의 파티션으로 공간을 분리해 놓았고 그 기준으로 한쪽은 침실 나머지 한쪽은 거실의 기능을 하는 것 같았다. 침실에는 큼지막한 침대가 덩그러니 놓여 있었고 침실 옆 안쪽으로는 욕조가 없는 작은 욕실, 그리고 거실에는 등잔 몇 개, 벽에 걸린 장식물들 몇 개, 의자 2개, 책상 겸 식탁 기능을 하는 탁자 한 개(탁자 위 화병에는 금방 가져온 듯 야생화들이 꽂혀 있었다. 아마도 테아의 선물인 듯했다), 중간의 대들보에는 이름 모를 마른 식물들이 주렁주렁 걸려 있었다. 레이는 그걸 유칼립투스, 로즈메리, 라벤더라고 했다. 많지 않은 내 짐을 대충 정리하고 나니 방갈로 안은 어찌 보면 텅 비어있는 것 같이 보였다. 그러나 물론 필요한 건 다 있어 보였다. 어찌 보면 사람이 사는 데 필요한 게 그리 많지는 않은 것 같다고 생각했다.

때마침 그날은 날씨도 좋았다. 그리 덥지도 않고 바다로부터 선선한 바람이 불어와 레이와 나는 방갈로 입구의 처마 밑에 나무 마루를 깔아놓은 테라스에 나가 기둥에 기대어 바다를 바라보았다. 레이의 아버지가 직접 만들었다는 흔들의자에도 앉아보며 난 레이에게 감사하다는 말을 전했다.

그날 저녁에는 테아가 저녁을 만들어 주고 싶다고 했고 레이도 저녁 식사 및 환영회를 겸해서 음식을 대접하고 싶다고 했다. 이슬람 문화권이라 술을 마시는 건 율법에 어긋나지만, 그날은 특별히 테아가 열대 과일로 담근 술을 한잔하자 하여서 해가 질 무렵에 해변을 걸어서 레이의 집으로 갔다. 1층에는 거의 여덟 명은 앉을 만한 식탁이 큼지막하게 홀 가운데에 자리하고 있었고 화려하고 다양한 접시에 갖가지 기름진 요리들을 테아가 내어왔다. 레이가 가운데에 앉고 테아가 레이의 오른편, 나는 왼편에 앉았다. 레이의 반대편 가운데 자리는 우리가 앉은 등받이가 있는 의자와는 달리 큼지막하고 등받이가 없는 벤치 같은 의자였다. 마침 그 문신 일을 한다는 이자벨도 초대했는지, 그녀가 환한 미소로 들어와 작은 꽃다발을 테아에게 건네주었다. 테아가 그걸 화병에 꽂아서 테이블 가운데에 놓을 때 그녀는 테아의 옆에 앉았다. 레이가 나를 소개하자 이자벨은 몇 번 이야기를 들었다며 반갑다고 했다. 나의 어설픈 영어와 나보다 더 어설픈 레이의 영어, 거의 무슨 말인지 모를 테아의 영어 그리고 러시아 억양이 강한 이자벨의 어설픈 영

저녁을 보내는 근사한 방법

어가 한데 어우러진 어수선하고 시끌벅적한 저녁이었다. 이자벨은 혹시나 문신할 의사가 있으면 언제든지 찾아오라는 말도 해 주었다. 테아가 요리를 잘하는 건지, 나에게 말레이시아 음식이 맞는 건지, 테아의 음식과 과일주를 함께 곁들인 맛은 정말이지 너무 맛있었다.

작은 술잔에 레이와 나 그리고 이자벨이 몇 잔씩 술을 따라서 마시며 서로 자기 나라의 그저 그런 가벼운 이야기들을 하며 정겨운 시간을 보냈다. 술은 술인가 싶었다. 다섯 잔 정도 마신 것 같았는데 벌써 취기를 느낄 때 즈음이었다. 문을 닫지 않은 1층의 입구에서 인기척이 나서 등을 돌려 쳐다보았는데, 난 순간 기절하는 줄 알았다. 얼마나 깜짝 놀랐는지, 일어설 정신도 없어서 옆으로 피한다는 게 레이 쪽으로 의자가 넘어지면서 나는 바닥에 내동댕이치듯 넘어져 굴렀다. 그리고는 겁먹은 얼굴로 레이의 뒤로 가서 다시금 입구를 바라보았다. 입구에는 문지방에 발을 걸치고 문틀에 기대어 있는 나보다 훨씬 크고 거인 같은 오랑우탄 한 마리가 서 있었다. 나는 이게 꿈인지, 현실인지 구별이 안 되었다. 이렇게 가까이에서 오랑우탄을 보는 것은 어릴 적에 서울랜드에 가서 철조망을 사이에 두고 본 이후로 처음이었다. 나는 겁을 먹은 상태에서 뒤로 슬금슬금 물러났다.

내가 기겁한 모습을 본 레이와 테아 그리고 이자벨은 목젖이 보일 정도로 깔깔대며 웃었고 그 웃음을 멈출 생각도 없어 보였다. 잠시 뒤 레이가 웃음을 간신히 참으며 그 오랑우탄에게 들어오라고 손짓하자 그 오랑우탄 녀석은 레이의 맞은편, 그러니까 아까 내가 말한 등받이가 없는 벤치 같은 의자에 털썩 앉는 것이었다. 그리고는 손에 들고 온 큼지막한 코코넛 열매를 탁자 위에 놓더니 테아 쪽을 향해 굴렸다. 그 코코넛 열매는 마치 자석에 이끌린 것처럼 테아 앞으로 가서 섰다. 테아는 웃으며 그걸 들고는 주방에 가서 영화에서만 본 큼지막한 무쇠 칼로 능수능란하게 코코넛 위쪽을 탁탁 가지 치듯 잘라서 그 오랑우탄 앞에 놓아 주었다. 그랬더니 그 오랑우탄 녀석은 테아를 향해 눈을 한 번 껌뻑거리고 나서 열매를 두 손으로 잡아서 조금 마시는 것이었다.

녀석은 거의 붉은 와인 빛이 감도는 털들로 온몸이 무성했고 열매를 잡은 손가락은 녀석의 덩치에 비해 가늘고 길었다. 녀석은 코코넛을 두 번 정도 들어서 마시고 나를 바라보고는 나에게도 그 큰 눈을 한번 껌뻑거렸다. 마치 눈인사를 하는 것 같이 느껴졌는데 물어보니 레이가 맞다고 했다.

그 녀석이 바로 알버트였다.

레이가 나에게 괜찮으니 다시 앉으라고 의자를 바로잡아 주며 이야기를 해 주었다. 이 알버트라는 녀석은 레이가 한참 어렸을 적에 작은 마을의 선생님으로 각종 기념품과 티셔츠 같은 것을 파는 작은 노점 가게를 운영하던 레이의 아버지가 붙여준 이름이라고 했다.

어느 날, 레이의 아버지가 가게 옆에 세워둔 자전거의 체인이 말썽을 부려 체인을 고치다가 아주 작은 오랑우탄 한 녀석이 아버지 가게 맨 앞에 걸려있던 노란색 티셔츠를 옷걸이 채 들고 달아나는 통에 거의 다 고치던 자전거 위에 재빨리 올라타서 그 녀석을 쫓아가서 결국은 잡았다고 했다. 그러나 이미 티셔츠는 녀석이 도망가며 온통 흙바닥에 끌고 지나간지라 손님들에게 팔 수 없는 상태가 되어버렸다.

레이의 아버지는 녀석을 자전거에 태우고 오랑우탄들이 무리 지어

저녁을 보내는 근사한 방법

사는 숲속 앞에 가서 자전거 앞 바구니에 타고 있던 녀석을 들어서 내려주고는 아까 녀석이 훔쳤던 티셔츠를 입혀 주었다.

그 티셔츠 앞에는 'E=mc2'라는 알베르트 아인슈타인의 상대성 이론 공식이 큼지막하게 인쇄되어 있었다. 레이의 아버지는 녀석을 숲속 진입로 인근에 내려 주고는 숲으로 들어가라고 손짓했다. 녀석이 레이의 아버지를 보며 우물쭈물하면서 천천히 어두운 숲으로 들어가자 자전거를 타고 다시 돌아오셨다.

다음 날, 레이의 아버지가 오전 학교 수업을 마치고 와서는 오후에 가게를 열었을 때 그 작은 오랑우탄 녀석이 다시 나타났다. 어제 입혀준 그 티셔츠를 입고 말이다. 그 후로 레이의 아버지와 레이의 식구들은 녀석을 알버트라 부르기 시작했다. 알버트는 숲에서 딱히 할 일이 없었는지, 아니면 가족이 없어서였는지는 알 수 없었지만, 하루가 멀다고 레이 아버지의 가게를 찾아와서 레이나 다른 식구들이 주는 바나나며 입에 씹기 좋은 작은 견과류들을 주면 좋아하며 입에 냉큼냉큼 집어넣는 재미로 찾아왔다고 한다. 그때가 아마 레이의 기억으로는 레이가 5살 정도였을 때였다. 알버트 또한 정확히 알 수는 없지만, 오랑우탄을 잘 아는 보르네오섬의 원주민 부족들의 얘기에 따르면 약 3~4살 정도 된다고 했다고 한다. 레이와 알버트는 체격도 비슷하고 나이도 비슷해서인지 곧잘 장난을 치며 어울렸다고 한다. 그렇게 세월은 흘러 레이의 나이는 43살이 되었고 알버트의 나이도 그 언저리의 나이가 되었던 것이다.

레이가 해 주는 이야기에 의하면 알버트도 한때는 가정을 꾸리고 살았다고 한다. 언젠가는 부인도 있었고 아들도 셋을 두어서 행복한 가족을 데리고 살았다고 한다. 다만 알버트의 부인이 셋째를 낳다가 죽은 이후로는 부인을 다시 두지 않았고 둘째까지는 그런대로 커서 자급자족을 하는 나이가 되었지만, 셋째는 너무 어려서 거의 매일 테아가 우유를 타서 먹여 주고 한동안은 레이의 집에서 키웠다고 한다. 그러나 그것도 잠시, 무리를 지어 살며 이동하는 오랑우탄의 습성으로 인해 세 아들은 무리와 함께 성장하며 어울려 이동했지만, 유독 알버트만은 무리와 함께하지 못하고 숲속에 홀로 남아 작은 은신처 같은 곳에서 살고 있다고 했다.

지나온 세월이 얼마인가. 유독 알버트를 챙겨주었던 레이의 아버지가 돌아가셨을 때 알버트는 묘지까지 장례 행렬을 따라서 오기도 했고 그날 밤 숲속에서는 알버트의 통곡 같은 소리도 들렸다고 한다. 알버트는 그렇게 레이와 세월을 같이했고 레이가 결혼하던 시점에 알버트도 부인을 두어 가족을 꾸렸고 이제는 혼자 남아서 숲을 지키고 있었다. 그 긴 세월 동안 알버트는 일주일에 세 번 정도 레이의 집에 들러 코코넛 열매를 가져다 놓았다. 어떤 날은 큼지막한 야자 잎에 5개 정도를 싸 와서는 레이의 식탁에 올려놓는 날도 있었고 또 어떤 날은 달랑 한 개만 들고 와서는 테아에게 그걸 잘라 달라고 부탁한다는 것이었다.

원주민 부족들의 이야기로는 동물원에서 사육하는 오랑우탄의 수명은 60년까지도 살지만, 자연 상태에서 사는 오랑우탄의 수명은 45년에서 50년 정도라고 하여서 알버트는 나이만 우리와 비슷하지, 사람으로 따지자면 노쇠한 할아버지 정도라고 했다.

그날 레이에게 알버트에 대한 이야기를 들은 나는 왠지 알버트가 측은하게 느껴졌다. 아니, 알버트에게 감정 이입이 되어서 측은지심이라기보다는 동병상련 같은 기분이라고 하는 게 맞을 듯했다. 그날 이후 나는 레이의 도움으로 어렵지 않게 방갈로 생활에 적응했다. 레이와 함께 출근하는 날도 있었고 어떤 날은 시간이 맞아서 레이와 퇴근을 같이 하는 날도 있었다. 그렇게 보르네오섬에서의 생활은 익숙해져만 갔다. 주말에는 레이와 낚시를 하러 가거나 나머지 방갈로의 지붕을 수리하거나 방갈로의 갖가지 삐걱거리는 것들을 보수하고 바다에서 밀려와 바닷가에서 말라버린 해초류들이나 죽은 불가사리들을 치우기도 했다. 레이의 아버지가 관광객들을 태우고 낚시하러 다녔던 작은 보트의 묵은 칠을 벗기는 작업을 하며 보내는 날도 있었지만, 워낙 우기가 많은 지역이라 방갈로 안에만 처박혀 있는 주말도 많았다. 그렇지만 항상 주말 밤에는 무언의 약속이라도 한 것처럼 레이의 집에 모여서 나와 테아, 이자벨, 그리고 알버트 이렇게 다섯이서 저녁 겸 술을 한 잔씩 했다.

여전히 알버트는 코코넛을 가지고 왔다.

또한 과일주에 조금 지겨워진 내가 서울 회사에 있는 동기 녀석에게 냉동 삼겹살과 김치 그리고 소주를 두 박스 정도 보내 달라고 부탁하고 일주일 정도가 지난 무렵 레이의 집으로 그 물건들이 도착한 날이었다. 그날은 내가 삼겹살을 구워주겠다며 레이의 집 테라스에서 불을 피워 삼겹살과 김치를 구워 먹었다. 한국 소주 맛을 본 테아와 레이, 이자벨은 태어나서 이렇게 맛있는 고기와 술은 처음 먹어 본다는 너스레를 떨고는 나에게 엄지를 치켜세워 주었다. 고기를 먹지 못하는 알버트는 여전히 코코넛만 들이켰다.

이자벨이 나에게 소주 다섯 병이면 문신을 하나 해 줄 수 있으니 어떠냐고 물어 와서 술기운이 오른 나는 흔쾌히 다섯 병을 주고 내일 당장 해달라는 이야기도 오갔다.

레이는 이슬람 율법을 어기고서라도 자주 마실 거라고 다짐했다.

이자벨의 제안으로 시작한 나의 문신은 처음에는 팔뚝에 레터링으로 시작하여 친구 녀석에게 부탁한 소주가 올 때마다 몸에 하나씩 늘어나기 시작했다. 그리고 주말마다 그놈의 소주를 마시는 동안 이자벨이 보여 주는 갖가지 문신 샘플들을 보며 다음 문신에 대해서 깊은 이야기를 나누는 날들도 많았다. 그렇게 레이의 집에서 육 개월 정도가 흘렀을 때는 이미 내 왼손 팔목에 레터링 하나, 왼손 팔뚝에 나침반 문신 하나, 왼쪽 가슴에 포세이돈의 삼지창이라는 문신 하나(나중에 한국에 와서 보니 이 삼지창 모양을 엠블럼으로 달고 다니는 차들을 보고 '포세이돈은 개뿔…'이라고 혼잣말을 한 적도 있다)가 있었다. 또 문신은 비율의 예술이라며 비율을 맞춰야 한다는 이자벨의 꼬임에 넘어가 오른편 가슴에 내가 제일 좋아하는 행성인 토성을 그린 문신도 새겼다. 다음에 이자벨은 내 왼팔에 거미줄 형상, 내가 볼 수도 없는 왼쪽 등에는 전쟁의 별이라고 부르는 팔각형 모양의 음영이 선명한 별을 그려 넣었고 다시 비율을 고집하며 오른쪽 등에 더욱더 멋진 작품을 해 주겠다고 했지만, 나는 더는 하지 않겠다고 거절했다. 하여튼 그렇게 보르네오섬에서 우리는 다들 친해져 갔다. 당연히 알버트와도 말이다.

한 달에 2번 정도는 농장에 들러야 하는 나의 업무가 있는 날이면 그날은 레이네 동네가 과일 잔치를 하는 날이었다. 내가 농장에 가서 일을 보고 나올 때면 농장의 농장주나 농장 관리자가 내 차의 뒷좌석에 온갖 과일을 가득 실어 주었는데, 난 일부는 회사에 가서 직원들에게 풍족하게 나눠주고 그래도 한참이나 많은 과일은 그대로 레이의 집으로 가져와 동네 사람들에게 나눠 주라고 레이에게 가져다주었다. 그러면 레이는 마을 회관 같은 곳에 싣고 가서는 회관에 잔뜩 쌓아놓고 사람들에게 조금씩 가져가라고 했다. 그 동네 사람들은 욕심 없이 꼭 본인들이 필요한 만큼만 가져갔고, 레이의 말을 들어서인지 나를 볼 때마다 손을 모아 감사하다는 표현의 인사를 하곤 했다. 평일 저녁이었다. 저녁을 먹고 그날 가져온 바나나를 여전히 그 소주 멤버들이 모여서 먹을 때 즈음에 알버트가 나타나 항상 앉던 자리에 앉았다. 나는 먹던 바나나를 내려놓고는 새 바나나를 다발에서 뜯어서 껍질을 조금 깐 상태로 알버트에게 건넸다. 알버트는 나를 물끄러미 바라보더니 손을 뻗어 바나나를 잡는 게 아니라 내 손에 자기의 손을 살며시 얹었다.

내 손 위에 얹힌 알버트의 손은 너무 부드럽고 따뜻했다.

마치 어느 사랑스러운 여인의 손이 내 손 위에 얹힌 것처럼 느껴져서 난 왠지 평온한 느낌을 받았다. 그러다 알버트는 얹힌 손을 떼고는 바나나를 집어 자기 앞으로 가져갔다. 그리고 나에게 천천히 눈을 껌뻑였다. 그렇게 세 번 정도를 주었을까. 알버트는 내가 바나나를 까서 주는 세 번 모두 바나나를 집기 전에 내 손에 자기의 손을 얹고 잠시 시간이 지난 뒤에 바나나를 가져갔다. 눈을 천천히 껌뻑이는 것도 그대로였다. 난 알버트가 오랑우탄이 아니라 친구 같다는 생각이 들었다.

다음 날 아침이었다. 한참 우기인지라 회사 출근은 다음 주까지는 거의 휴가였다. 한참 우기 때는 과일들의 수확 자체가 없었고 또 그에 따라 나의 일도 없었다. 나는 간만에 늦잠이라도 잘 모양으로 내 방 갈로 지붕을 때리는 빗소리를 들으며 침대 위에서 빈둥거리고 있었다. 얼핏 그 빗소리 중에 밖에서 돌멩이 같은 게 구르는 소리가 들리는 것 같아서 일어날까, 말까를 한참 동안 고민하다가 일어나 문을 열어 무언가 하고 두리번거리는데, 처마 밑의 나무 바닥에 웬 큼지막한 코코넛이 한 개 놓여 있었다. 난 '이게 왜 여기 있지?'라는 생각으로 주변을 두리번거렸지만, 빗속에는 아무도 없었다.

의아해하며 레이에게 들고 가 자초지종을 이야기하니 레이는 "그건 알버트가 가져다 놓은 게 틀림없다."라고 장담하며 코코넛을 다듬어 내게 주었다. 알버트는 지난 밤에 내가 준 바나나에 대한 고마움을 표시하기 위해 그 비를 맞으며 내 방갈로에 왔던 것이다. 그 후로도 이따금 알버트는 내가 회사에 가지 않는 날을 용케도 알고는 이른 오전에 내 방갈로 앞 나무 바닥에 큼지막한 코코넛을 놓고 갔다. 난 알버트가 정말 친구 같다는 생각을 또 한 번 했다.

그곳 또한 다 사람이 사는 곳이라 많은 일이 있었다.

어느 날은 알버트가 레이의 집 안에 꽤 힘들게 지친 걸음으로 엉금엉금 걸어 들어와 털썩 앉았다. 피곤했는지 눈에 눈곱이 많이 껴 있길래 내가 내 손수건으로 눈을 닦아주다가 알버트의 몸에 열이 많이 난다는 것을 느끼고는 레이에게 말하니 레이가 와서 알버트의 이마를 만져보고는 급히 들것을 찾았다. 레이와 나는 그 비를 맞으며 들것에 알버트를 실어서 인근 수상 가옥에 사는 원주민들의 주술사에게 데려갔다.

알버트는 "그르렁~ 그르렁~" 하며 연신 마르고 거친 숨을 내쉬며

저녁을 보내는 근사한 방법

누워 있었다. 주술사는 알버트의 몸을 구석구석 살피더니 작은 그릇들에 있는 약초 같은 것들을 골고루 담은 뒤 갈아서 그 안에 따뜻한 물을 따르고 잠시 기다리라고 하더니 다른 그릇에 무언가를 넣고 갈기 시작했다. 어떤 염료 같은 것이었다. 처음에는 흙 같은 것으로 알고 있었는데 알버트의 이마에 그걸 나뭇가지 형상으로 바르고 마르자 거의 노란색으로 변하였다. 그게 마른 것을 확인한 주술사는 아까 따뜻한 물로 우린 그릇을 들어 알버트의 입가에 가져가 대고 알버트가 조금씩 마시게 했다. 레이의 말에 의하면 우기 때는 숲속에 차가운 기운이 가득한데 알버트도 나이가 노쇠하여 그 찬 기운을 몸 안에서 막지 못하고 조절을 못 하는 것 같다고 했다. 며칠은 이곳에 누워 상태를 봐야 할 것 같다고 하였고 레이와 나는 교대로 주술사의 수상 가옥에서 주술사를 도와 알버트의 상태를 지켜보았다.

알버트는 주술사의 수상 가옥에서 누워있던 내내 나나 레이가 교대로 알버트 옆을 지키러 갈 때마다 눈을 천천히 껌뻑여 주었다.

그 주가 지나고 우기도 거의 끝나서 보르네오섬에 햇빛이 비치자 알버트의 상태도 호전되었다. 알버트에게 조금 버겁기는 했겠지만, 주술사의 집을 떠나 나와 레이가 알버트를 부축하여 같이 걸어서 레이의 집으로 돌아왔다. 레이는 이미 알버트가 주술사의 집에 있을 때 레이의 집 앞의 바다를 향한 테라스 앞 해변에 야자수 잎으로 얼기설기 작은 움막 같은 것을 만들어 놓았다. 바닥도 마른 잎들로 도톰하게 꼬아서 그런대로 알버트가 당분간은 지낼 만한 집을 만들어 놓고는 집에 온 날 알버트를 그곳으로 데리고 갔다. 나는 레이의 집 안에 들어가서 바나나를 몇 개 들고는 알버트의 작은 움막 모래사장에 앉은 뒤 바나나를 조금 까서는 움막 안의 알버트에게 내밀었다. 알버트는 여전히 바나나를 집기 전에 내 손에 부드럽고 온기 있는 자기의 손을 얹고는 잠시 후에 바나나를 집어갔다.

여전히 눈을 한 번 껌뻑이며 말이다.

레이의 말로는 2주 정도는 가까이에서 잘 지켜봐야 할 거 같다고 했다. 나도 알버트가 숲속에 다시 들어가는 게 걱정되었는데 레이의 배려로 마음이 놓였다. 나는 시간이 될 때마다 알버트의 임시 움막으로 가서는 원주민 주술사가 조제해 준 약초 우린 물을 마시게 하거나 테아가 잘라 준 코코넛이나 바나나를 까서 주곤 했다. 레이와 테아와 나의 노력 덕분인지, 우기가 끝난 해변에서 지낸 알버트는 완연히 회복의 기미를 보이고 있었다. 그날도 내가 알버트의 움막 입구 모래사장에 앉아 바나나를 주고는 들고 온 책을 읽다가 무료해져서 바다를 물끄러미 바라보고 있었는데 알버트가 움막에서 나와 내 옆에 슬며시 앉았다. 알버트는 무릎을 세워 괴고는 양손을 자기의 무릎 위에 올려놓고 나와 같이 바다를 바라보며 긴 한숨을 내쉬었다. 알버트의 어깨며 팔뚝에 나 있는 붉은 와인 빛이 감도는 긴 털들이 바람에 살랑살랑 부드럽게 날리고 있었다. 난 그 모습이 사뭇 근사해 보였다. 알버트의 어깨에 난 털들이 바람에 따라 움직이는 방향으로 내 손을 그 위에 얹어보았다. 내 손끝에 알버트의 털들이 간질거리며 스쳐 지나갔다. 그 느낌이 너무 좋아 한동안 그렇게 손을 대고 있었는데 알버트는 그런 나를 힐끔 보고는 내 손에 들려있는 책을 잡아 자기 손으로 가져갔다. 알버트는 책 냄새를 맡아보기도 하고 책등을 잡아 책을 흔들어 보기도 했으며, 또 책을 거꾸로 펴서는 몇 장씩 펼치기도

저녁을 보내는 근사한 방법

하며 책 사이사이에 있는 그림들을 호기심 섞인 눈으로 보기도 했다. 그러다가 알버트는 책에 있는 고래가 바다에서 뛰어오르는 그림을 유심하게 바라보고는 눈을 옮겨 바다를 바라보았다.

그러다 다시 고래를 보고 또다시 바다 보기를 몇 차례 반복하더니 내 눈치를 힐끔 보고는 책을 들고 움막 안으로 들어가 버렸다.

나는 잠시 바다를 더 보다가 일어나 모래들을 대충 털고는 해변을 따라서 걸었다.

주말 저녁에는 여전히 레이의 집에서 조촐한 소주 파티가 열렸다. 어느 주말인지 기억을 더듬어 볼 필요도 없다. 나에겐 레이와 알버트와 함께한 보르네오섬에서의 모든 일과 모든 주말이 행복했으니 말이다. 그날도 삼겹살과 소주를 마시며 즐거운 시간을 보낼 때 장난기가 돌아서 이자벨과 레이가 교대로 알버트에게 시선을 끌게 하고 알버트가 잠깐 한눈을 파는 사이에 내가 소주를 코코넛 열매에 조금씩 부었다. 알버트는 그것도 모르고 홀짝홀짝 마시다가 이내 연신 하품을 해대더니 어느 순간 퍽 하고 탁자에 엎드려 코를 골며 잠들어 버렸다. 우리는 서로 배를 잡고 웃으며 알버트를 들어 해변의 작은 움막에 가서 알버트를 눕혔다. 그는 코를 연신 크게 골며 깨어날 기미를 보이지 않았다.

나는 연신 웃으며 레이와 태아에게 잘 자라고 인사하고 해변을 걸어 나의 방갈로로 향하였다.

해변을 걸으며 난 행복감이라는 것은 저기 밤바다의 파도처럼 조금씩, 아주 조금씩 서서히 스며드는 거라는 생각을 해 보았다.

레이의 집에서의 생활이 일 년 정도 지났을까….

그렇게 시간은 흘러갔고 어느 날 서울의 경영지원실 정 실장님에게서 이메일이 왔다.

> "김 과장아~! 잘 지내지? 이제 일 년이 넘어가는데, 어때? 다시 돌아올 생각은 없나? 자네가 돌아온다면 난 언제든 환영일세. 그리고 그놈의 소주 좀 작작 마셔라. 자네 동기와 잠깐 만나서 얘기했는데, 소주 마시러 거기 갔나? 그럴 거면 여기서 마시지, 왜 거기까지 가서 동기를 귀찮게 하나. 그리고 도대체 누구랑 마시는데 한 달에 거의 두 박스씩 보내 달라고 하나? 하하하. 그리고… 이걸 말해야 할지…. 집사람이 얘기해 줬는데 말이다. 그… 영희 씨 말이다…. 몇 달 만에 이혼했다더라. 자네가 알고는 있어야 할 거 같다는 생각이 들어서 말이야."

컴퓨터를 끄며 창문 밖을 내다보니 금세 비가 쏟아질 것 같이 먹구름이 빠르게 이동하는 게 보였다.

비가 본격적으로 쏟아지기 전에 방갈로에 도착하려면 서둘러야 했다.

하늘에서는 굵은 빗방울이 조금씩 떨어지기 시작했다. 하늘은 잔뜩 흐린 회색빛 구름으로 뒤덮여 있었고 저 멀리 키나발루산 뒤로는 창백할 정도로 하얀 번개가 내리치고 있었다. 저 번개를 머금은 구름이 여기까지 오기에는 그리 오랜 시간이 걸릴 것 같지 않았다.

방갈로에 도착하자마자 블루투스 스피커를 연결해 호로비츠의 〈트로이메라이〉를 들었다. 나는 스피커를 가지고 나와 창문턱에 올려놓고는 방갈로 테라스에 있는 흔들의자에 앉아 이미 어두워진 숲과 조금 덜 어두운 에메랄드빛 바다를 바라보았다. 해변이 시작하는 숲 쪽부터 마지막 방갈로가 있는 해변의 끝까지, 그리고 바다까지 사람 한 명, 배 한 척 보이지 않았다. 나는 흔들의자를 테라스 난간 옆으로 바짝 붙여 다시 고쳐 앉고는 손을 난간 밖으로 내밀어 빗방울을 받았다. 갑자기 울고 싶어졌다.

벌떡 일어나 소리라도 지르고 나면 기분이 후련해질까 하는 생각도 해 보았지만, 레이와 옆에 있는 이자벨이 듣고 찾아올까 봐 관두었다.

그저 〈트로이메라이〉를 듣는 것만이 내가 할 수 있는 일의 전부인 듯했다. 조금씩 빗방울이 더욱 굵어지기 시작했다.

그리고 더욱 거세져서는 그것들이 내 온몸을 향해 달려들었다.

그날도 여전히 레이의 집에서는 한국에서 보내온 닭볶음탕과 제육볶음을 테아가 말레이시아식 양념을 첨가해 조리해서 내어 왔다. 우리는 이렇게 맛있을 순 없다며 소주와 곁들여 푸짐하게 먹었다.

여전히 알버트는 코코넛과 내가 까 준 바나나를 먹었다. 우리는 서로 즐거운 주말 저녁을 보내고 난 후 나는 어두워진 해변을 걸어 내 방갈로로 향했다. 이자벨은 신발을 벗은 채로 내 뒤에서 나를 따라서 걸었다.

"명식~! 맥주 한 병 줘요."

난 뒤를 돌아 이자벨을 보며 고개를 끄덕이고는 창문 커튼 사이로 불이 켜져 있는 내 방갈로에 들어가 냉장고를 열어 타이거 맥주를 두 병 꺼내 마개를 따서 이자벨에게 건넸다. 이자벨이 말했다.

"불 끄고 나가는 걸 깜빡했나 봐요?"

"아니에요. 일부러 켜고 나간 거예요. 들어올 때 깜깜한 게 싫어서 …." 난 말꼬리를 흐렸다.

이자벨이 내 방갈로에 처음 들어온 것은 아니다. 그녀는 가끔 주말 저녁에 레이의 집에서 나와서 돌아가는 길에 맥주를 한 잔씩 간단하게 하며 이런저런 이야기며 문신을 예찬했다. 그러다가 그녀의 방갈로로 돌아가곤 했다. 보통은 맥주를 들고 밖에 있는 테라스 나무 난간에 걸터앉아서 마시다가 돌아갔는데, 그날따라 방갈로 안으로 들어와 거실의 의자를 집어 들고 탁자 앞에 놓고는 그 위에 털썩 앉았다.

그리고는 맥주를 한잔 들이키며 내 책상에 세워져 있는 책을 한 권 집어 들었다. 제목이 영어와 한글로 써진 책이었다.

"『데미안』이네요."

"맞아요, 『데미안』. 이자벨. 밖에 나가서 마시죠."

"그래요. 밖이 시원하겠어요."

이자벨의 말대로 밖은 시원했다. 적도 부근인 여기도 곧 가을이 오려는 듯했다. 일 년 내내 무더운 날씨가 지속되는 이곳이었지만, 그나마 가을 저녁은 선선한 바람이 인도양으로부터 불어와 한낮에 달구어진 방갈로 안보다는 시원했다.

약속이나 한 듯 나는 흔들의자에 앉고 이자벨은 안에서 들고나온 『데미안』을 난간에 올려놓고는 난간에 걸터앉았다. 그녀는 맥주를 한 모금 들이키고는 어두운 바다를 바라보며 무심코 말했다.

"호로비츠가 연주하는 〈트로이메라이〉가 듣고 싶어요."

난 그 말을 듣고 뭐라 말하려다 그냥 일어나 안에 들어가서 스피커를 가지고 나와 연결하고 〈트로이메라이〉를 틀었다.

호로비츠의 연주가 흐르고, 이자벨은 여전히 어두운 바다를 바라보며 말했다.

"그럴 바에, 아니, 그렇게 힘들면 한국으로 돌아가지 그래요?"

나는 무슨 소리인가 싶어서 이자벨을 바라보며 물었다.

"무슨 얘기예요?"

이자벨은 여전히 나를 보지 않고 바다를 바라보며 말했다.

"며칠 전 저녁에 봤어요. 당신이 빗속에서 울고 있는 것. 많이 힘들어하던데요."

난 갑자기 엊그제 일이 떠올라 얼굴이 화끈거리는 걸 느꼈다.

"내가 울었다고요? 잘못 본 것 같은데…. 그런 적 없는데…."

나는 에둘러 말했다.

여전히 그녀는 밤바다에 눈을 고정한 채로 말했다.

"울지도 않은 사람이 왜 빗속에서 어깨까지 들썩거렸을까요?"

그러면서 말을 이었다.

"누군지 몰라도 가서 만나요. 이곳까지 도망쳐 와서 혼자 힘들어할 건 뭐예요."

그러곤 맥주를 한 모금 마시고는 난간 위에 맥주병을 올려놓고 『데미안』을 들었다.

"『데미안』…. 참 좋은 소설이죠."

그리곤 책을 한 장 펼치는데, 뭔가가 툭 하고 바닥에 떨어지는 소리가 났다. 난 이자벨의 말에 뭔가를 생각하면서 바다를 보고 있었는데 그사이 그걸 바닥에서 주워 이자벨이 나에게 물을 때까지도 그게 무엇인지 몰랐다. 어두워서였을까? 이자벨도 잘 안 보였는지 난간에서 일어나 불이 새어 나오는 창문가 가까이에 가면서 나에게 물었다.

"이게 뭐예요? 무슨 봉투지?"

아뿔싸. 그건 그녀가 커피숍에서 준 내 이름이 인쇄된 청첩장이었다.

"이리 줘요."

난 이자벨의 손에서 그걸 낚아채듯 빼앗아 내 다리 밑으로 감추어 버렸다. 이자벨은 다시 난간에 걸터앉으며 맥주를 한 모금 마시고는 이번엔 나를 보며 말했다.

"이야기해 줘요. 그 봉투에 대해서."

나는 말 없이 맥주를 몇 모금 마시고는 난간에 발을 올려 걸치며 한국에서의 일들과 내가 여기에 오게 된 경위, 그리고 며칠 전 그녀의 소식 등을 허심탄회하게 털어놓았다.

원래 누구에게 나의 이야기를 털어놓는 건 나에겐 있을 수 없는 일이었다.

내가 왜 그날 이자벨에게 그렇게도 내 속을 비우듯 털어놓았는지 나조차 알 수 없었지만, 오히려 그걸 다 토해내고 나니 왜 그렇게 후련했는지도 알 수 없었다. 이자벨은 내 말을 듣고 한참 동안 나를 바라보더니 입을 열었다.

"어둠을 받아들이지 말아요. 한번 어둠을 받아들이면 그 어둠은 절대 떠나지 않거든요. 그러다 더 어두운 물속으로 가라앉을 수도 있어요."

그리고 그날 밤 이자벨은 돌아가면서 나에게 이런 말을 남겼다.

그녀는 나를 잠시 바라보더니 난간에서 일어서며 말했다.

"돌아가요, 마지막 문신은 공짜로 해 줄게요. 힘든 이야기를 해 준 사례에요. 진짜 돌아가는 게 좋겠어요. 이 세상 있잖아요. 상처 입은 새들에게 안식처란 없어요."

그 말을 하고 그녀는 맥주병을 들고 어두운 해변을 향해 걸어갔다.

늦가을 늦은 오후였던 것 같다.

그날 오전부터 레이와 나는 계속 밀려오는 해조류들을 치우고 해변에 버려진 것처럼 기울어진 채로 있는 보트의 칠을 벗겨내고 있었다. 워낙 오래된 칠이기도 했거니와 그 언젠가 다시 칠할 때도 벗겨내고 칠하지 않고 계속 덧칠하여 몇십 년을 바닷물에 절여진 보트였다. 칠을 벗겨내고 벗겨내도 새로운 색깔들이 나와서 차라리 다음 주에 거래처 농장에 들러서 샌딩 기계를 빌려와 말끔하게 벗겨 내야겠다고 생각한 뒤 레이에게 내 생각을 말하려던 참이었다. 난 보트 하부의 칠을 갈아내려고 쪼그리고 앉아 있다가 보트 반대편의 레이를 볼 요량으로 기지개를 켜듯 몸을 가까스로 일으키고는 레이를 찾았다. 반대편에 있어야 할 레이가 보이지 않았다. 그러는 사이 나는 숲에서 알버트가 걸어 나오는 것을 보았다. 알버트는 여전히 두 손에 큼지막한 코코넛을 들고 내가 손을 흔들자 레이의 집으로 가던 방향을 바꿔 나와 레이 쪽으로 향했다. 나는 해변 가까이 걸어가는 레이에게 알버트가 이쪽으로 온다고 말했는데 레이는 내 얘기를 못 들은 사람처럼 바닷물이 들어오는 가장자리에서 꼼짝 않고 아무 말 없이 바다를 바라보고 서 있었다. 나는 의아해하며 레이 쪽을 향해 조금 걸어서 레이의 옆으로 갔다.

그리고는 레이의 옆에 서서 레이에게 무슨 말을 하려던 차에 레이가 말없이 바라보고 있는 바다로 시선을 돌렸다.

좀 전까지만 해도 뜨겁던 태양이 내 눈앞에 있는 것처럼 보였는데, 어느새 태양이 수평선 아래로 모습을 조금씩 감추고 있었다. 석양이 저 에메랄드빛 수평선 너머로 조금씩 뚝뚝 자취를 감출 때마다 수평선 주위는 불이 타오르는 듯 주황색이었다가, 붉은빛이 되었다가 이제는 더 진한 장밋빛으로 변하고 있었다. 저 위쪽 하늘에서는 이미 짙은 푸르스름한 어둠이 부드러운 벨벳처럼 서서히 내려오며 보랏빛이었다가 수평선과 가까이 올수록 사파이어 푸른빛으로 변했다. 마치 무지개 수십 개가 하늘에 펼쳐져 있다가 한꺼번에 그 색들 하나하나가 녹아내리는 듯했다. 그러다 세상의 모든 빛깔이 휘몰아치듯 한데 어울려 춤사위를 벌이는 듯했다. 그리고 그 하늘의 모든 빛이 에메랄드빛 바다에 그대로 비쳤다. 그 빛들은 파도의 일렁거림에 맞춰 출렁거리고 있었다. 어디가 하늘이고 어디가 바다인지도 구별되지 않았다.

나는 그 광경을 바라보며 아무 말도 할 수 없었고 움직일 수도 없었다. 1초라도 그 광경을 놓친다면 왠지 평생 후회할 수도 있을 것 같다는 생각이 들었다. 그건 레이 또한 마찬가지였으리라.

어느새 알버트는 우리 가운데에 와서 서 있었다. 알버트 또한 아무 움직임도 없이 우리가 바라보는 것을 바라보고 있었다. 인도양에서 불어오는 바람에 알버트의 붉은 와인 빛이 감도는 어깨와 팔의 털들이 살랑거리며 부드럽게 날리고 있었다. 알버트의 눈망울은 환희에 가득 차 보였다. 잠시 뒤 태양이 가라앉자 알버트의 커다란 눈망울 안에는 세상의 모든 빛깔이 한데 휘몰아친 석양이 다 들어 있었다.

알버트의 눈망울에 그 아름다운 석양이 가득 차고 서서히 그 빛이 흐려질 때 즈음에 알버트의 눈가에는 물기가 맺혔다. 순간 그는 들고 있던 코코넛을 자신도 모르게 해변에 툭 하고 떨구었다. 그렇게 얼마나 시간이 흘렀을까. 우리 셋은 그 석양이 완전히 질 때까지 미동도 없이 그 바닷가에 서 있었다. 이윽고 어둠이 우리 셋을 점점 덮어 갈 즈음에서야 멍한 눈으로 수평선을 바라보던 알버트는 나와 레이, 들

저녁을 보내는 근사한 방법

고 왔던 바닥의 코코넛도 의식하지 못한 채로 천천히 몸을 돌려 숲을 향해 걷기 시작했다. 알버트는 무언가에 홀린 것처럼 가까운 숲이었지만 100년이라도 걸릴 것 같은 느린 걸음으로 아주 서서히 어두운 숲으로 들어가 버렸다.

나는 너무도 황홀한 기분이 들었다.

내가 알고 있었던 이전의 세상보다 그날은 세상이 더 아름답게 느껴졌다.

나는 그날 밤에 내가 행복하다는 사실을 알았다. 행복을 느끼면서 그것을 의식한다는 건 쉬운 일이 아니라고 생각했는데, 당장 행복하다고 느낀 건 내가 살면서 처음 경험한 순간이었다. 그날 쿠알라픈유 해변에서 레이와 알버트 또한 분명 행복이라는 것을 경험했을 것이다.

나는 내가 진정 행복하다는 것을 실감하고 있었다.

그리워진다.

내 방갈로 처마 밑 골을 따라 흘러내리던 빗물들과 한 자락 작은 바람에도 움직이던 흔들의자와 대들보에 걸려있던 마른 식물들, 레이의 그 선한 미소와 내가 기억하고 있는 알버트의 눈망울에 들어있던 석양과 말을 아끼며 돌아섰던 이자벨의 뒷모습이 아직도 눈앞에 있는 것처럼 생생하게 느껴져 그 모든 것들이 그리워진다.

Midnight Blue

Midnight Blue(미드나잇 블루)

밖은 봄바람이 거실 커튼을 살랑거리게 하는 느긋한 밤이다.
길가의 술집들에는 사람들도 많이 나와서 흥청흥청할 것이다.
어쩐지 나도 친구들과 신나게 돌아다니며 놀고 싶은 밤이다.

그렇건만 나는 홀로 식탁에 앉아
지워지지 않은 컵 자국을 손으로 문지르며
왠지 처량한 생각이 드는 것과
나라면 행복할 수 있을 것 같다던 그녀가
결국은 홧김에 결혼을 한 것과
그렇게도 살뜰하던 내 강아지 봄이가
저 밤하늘 먼 곳으로 가서 별이 된 것을 생각한다.

그리고 무엔지 신이 나서 발맞춰
노래까지 부르는 연인들을 보는 것과
어느 밤 발열에 해열제 하나 찾지 못했던 것과
그리고 보글보글 끓는 뚝배기에 구수한 된장찌개
한 그릇 내어줄 사람 한 명 없는 것도 생각한다.

그리고 이러한 생각이 나를 뜨겁게 하는 것도 생각한다.

– 백석을 그리워하며

"Hangin' around, nothing to do but frown
(주위를 둘러보아도 눈살을 찌푸리게 만드는 일뿐이에요).
Rainy days and Mondays always get me down
(비 오는 월요일은 항상 우울해요)."

Carpenters-〈Rainy Days And Mondays〉

\<About a boy\>-마음을 연다는 것

영화 〈어바웃 어 보이〉.

돌아가신 아버지가 남긴 단 한 곡의 캐럴이 히트를 한 덕분에 그 저작권료로 하는 일 없이 평생을 백수 생활만 하는 바람둥이 윌(휴 그랜트), 그리고 음악 심리치료사 엄마를 둔 12살짜리 왕따 학생인 어린 마커스의 이야기이다.

음악 심리 치료사이면서 우울증 환자인 마커스의 엄마는 거의 매일같이 울고만 있다. 본인이 음악 심리 치료사이지만, 자신의 우울증은 치료하지 못하고 매일같이 울고만 있다. 마커스의 엄마가 우는 이유는 너무도 많다.

비 오는 월요일이라서 슬프고 슬픈 음악이 흘러나와서 슬프고 찬장에 있는 그릇이 손쉽게 잡히지 않아서 슬프고 마커스에게 줄 시리얼 그릇에 우유를 따르는데 우유를 식탁에 흘려서… 슬프다. 그런 모습을 보는 어린 소년 마커스는 항상 걱정이다. 언제 엄마가 자살을 시도할지 몰라서이다.

이런 걱정 많은 어린 마커스와 사람이든, 그 무엇이든 간에 책임감이라고는 눈곱만큼도 없는 윌은 어느 날 우연한 계기로 만나게 된다.

사실 우연한 계기라고 말하기에는 좀 그렇다.

윌은 별 감정 없이 언제든지 쿨하게 연인 관계를 끝낼 수 있는 표적을 찾기 위해 '싱글 맘 모임'에 나갔다가 만난 마커스의 엄마 친구에게 작업을 거는 과정에서 마커스를 만나게 된다.

마커스는 엄마가 언제 다시 자살을 시도할지 모른다는 불안감에 어딘가 좀 어설프기는 하지만 철부지 같은 윌을 엄마와 사귀게 하면 엄마가 자살을 포기할 수 있을 거라는 기대를 가지고 윌에게 접근하며 생겨나는 해프닝들로 영화의 스토리는 이어진다. 영화는 어른 같은 아이 마커스와 철없는 어른 윌이 서로의 삶에 조금씩 개입하면서 서로를 알아가는 성장 영화라고 해도 무방할 정도로 따뜻한 위트가 넘쳐흐른다.

이 영화에서 인상적인 장면이 몇 가지 있다.

마커스의 엄마는 어린 마커스에게 이런 말을 해 준다.

"마커스야. 네가 노래를 부를 때면 엄마의 마음속에 햇빛과 행복이 들어온단다."

어린 마커스는 어느 날 수업 중에 창가를 바라보다가 엄마가 생각났는지 선생님과 친구들을 아랑곳하지 않고 혼자 노래를 부른다.

"Hangin' around, nothing to do but frown(주위를 둘러보아도 눈살을 찌푸리게 만드는 일뿐이에요). Rainy days and Mondays always get me down(비 오는 월요일은 항상

저녁을 보내는 근사한 방법

우울해요).”

이렇게 수업 중에 스스로 왕따의 길에 들어선 마커스의 학교생활은 고난의 연속이다. 그런 마커스에게 동정심을 느낀 윌은 친구로서, 또 아버지 같은 역할을 자처하며 인연을 맺어간다.

마지막 부분에서는 더욱더 가관이다. 왕따 생활의 클라이맥스가 나온다. 그러니까 학교에서 주최하는 록 페스티벌에 마커스가 참가하게 되는데, 그 행사에 마커스가 출연 신청한 노래는 록과는 너무 멀고 거의 반대편의 끝에 있는 로버타 플랙의 〈킬링 미 소프트리(killing me softly)〉였다.

마커스가 그 노래를 부르는 동안 학생들의 온갖 야유와 비난의 방향은 갑자기 기타를 들고 반주자로 나타난 윌에게 향한다. 윌은 마커스 혼자 이대로 노래를 마치게 되면 학교생활이 거의 풍비박산이 날 것을 확신하고 윌 스스로가 망가지는 모습을 보이며 마커스를 뒤에 세우고 온갖 야유를 받아냄으로써 사회적 매장을 당할 수 있는 위기에서 마커스를 구해낸다.

윌은 '모든 인간은 섬이다.'라는 생각으로 살아왔다.

하지만 마커스와 마커스의 엄마 그리고 그 주변 사람들과 어울리면서 자신이 지켜왔던 사회적 인간관계에 관한 생각을 바꾸게 된다.

마지막은 코믹 드라마답게 크리스마스이브에 윌의 집에 많은 사람이 모여 정겹게 보내는 따뜻한 해피엔딩으로 끝난다.

영화를 보고 나서 잠깐 생각해 보았다.

우리 인간은 모두 어차피 각자 섬 같은 존재들이 아닌가.

우리는 모두 각자의 섬에서 누군가가 들어올 때마다 받아들일지, 말지를 고민한다. 아예 처음부터 담을 쌓아서 근처에도 못 오게 하는 경우도 있을 것이다. 때로는 받아들이고 나서도 내쫓아버리는 그 마음들, 변화무쌍한 감정의 다툼에 스스로 질려서는 어느 날부터는 아예 애초에 빗장을 걸고 홀로 섬이 되어 간다.

내가 선택한 것 같지는 않은데 누군가는 "인류는(호모사피엔스 종일 뿐인데) '사회적 동물'로 진화했으니 그냥 그렇게 살아야 한다."라고 강요 같은 주장을 한다. 난 그런 관습적이고 지극히 정형적이며 체계화된 것처럼 보이는 논리를 좋아하지 않는다.

우리 각자, 그러니까 인간은 각자가 움직이는 섬 같은 존재들이라, 서로 떨어지고 멀어진다. 또는 가까이 있어도 각자가 섬 같은 존재인 건 부인할 수 없는 사실이다. 또한, 그 섬들은 떨어져 있는 것 같이 보여도 결국 저 깊은 바닥에서는 서로가 연결되어 있음을 인정하게 될 수밖에 없다. 허나 그 사실조차도 인정하기 싫어서 서로 연결되지 않은 것처럼 움직이는 섬이 되고 싶은 바보 같은 나는 이 세상의 무엇일까?

결국은 연결될 것을….

도대체가 이 나이가 되었어도 제대로 알 수 있는 게 하나도 없다.

엄마의 선빵

내가 아주 어린 시절, 그러니까 내 두 여동생과 나란히 우리 아버지의 출근길을 따라나서며 인사를 하던 때이니 초등학생이나 중학생 때였던 것 같다. 가끔 어머니는 아버지가 출근하려 집 앞을 나설 때 괜스레 먼지도 없는 아버지의 양복 어깨 부분을 털어 주는 시늉을 하시며 이런 말씀을 하셨다.

"오늘이나 내일쯤에는 거래처 사장이 얼마라도 고맙다고 줄 것 같은데요."

우리 아버지는 집 앞을 나서며 뒤를 돌아 어머니를 보며 물었다.

"또 꿈에 나타났나?"

어머니는 답했다.

"예…. 뭐…. 약 30만 원 정도 될 거 같은데요."

아버지는 무슨 생각을 하시는지 말씀은 없으셨지만, 고개를 살짝 절레절레 흔드시며 출근하셨다.

그러곤 정말 그날이나 그다음 날, 늦어도 3일 정도 안에 저녁 퇴근

길에 그 맛있는 통째로 튀긴 통닭을 사 오셔서, 우리 세 남매가 미친 듯이 달려들어 그 통닭을 물고 뜯고 할 적에 슬그머니 어머니에게 봉투를 내미셨다.

"황 사장이 30만 원 주던데…."

그러면 어머니는 별 대꾸 없이 봉투를 들고 안방으로 들어가셨다.

그리고 잠시 후에 안방에서 나와서는 우리가 남긴 통닭의 일부를 아주 조금 드셨다. 당시 난 우리 어머니가 대단하다고 생각했다. 그러나 어린 나에게는 뭐 그런 것들이 그리 중요하게 다가오진 않았었다. 그리고 시간이 좀 흘러 어느 날 우리 아버지랑 당구장에 가서 당구를 치고 소주를 한잔하는데 약간 취기가 오르신 후, 나에게 약간 한탄 비슷한 걸 늘어놓으셨다. 그것은 어머니의 꿈에 대한 토로였다.

어머니가 아버지 출근길에 어떤 꿈 이야기를 하시는 날에는 약간 예민해지신다고 했다. 왜 그런 꿈을 꾸는지 이해도 안 갈뿐더러 어떻게 금액까지 지정을 할 수가 있느냐며 만약 30만 원 이야기를 했는데 거래처 사장이 20만 원이라도 주는 날에는 10만 원의 오차를 어떻게 해야 하는지 걱정도 된다고 하셨다. 말씀하시면서 아버지는 어머니의 꿈을 약간 두려워하시는 기색이었다.

나도 나름 그땐 좀 컸는지, 그냥 무시하시라고 말씀은 드렸지만, 아버지는 어머니의 꿈을 상당히 부담스러워하셨던 건 분명하다.

도대체 우리 어머니는 왜 그런 꿈을 꾸시는 걸까?

참 이해할 수도 없고 이해하기도 싫고 설명할 수도 없는 그런 꿈들 말이다. 과연 꿈이란 건 뭘까?

난 꿈을 잘 꾸지 않는 편이다.

저녁을 보내는 근사한 방법

아니, 꿈을 꾸지 않는다는 표현은 정말 잘못된 표현이다.

내가 간밤에 꾼 꿈을 기억하지 못한다는 게 정확한 표현인 것 같다.

과연 다른 사람들은 어떤 꿈들을 꿀까?

내가 최근에 꾼 꿈 중에서 기억하는 꿈은… 좀 19금 같은 꿈이다.

물론 그 내용이 좀 천박하고 추접스러운 내용이긴 하지만, 지크문트 프로이트가 『꿈의 해석』에서 언급한 것처럼 꿈속에서도 초자아라는 게 있어서 꼭 지켜야 하는 도덕적이고 윤리적인 선을 넘지 않으며 꿈에서 깨어났다. 굳이 여기에서 그 얘기를 하고 싶지는 않다. 설명하다 보면 더 천박해질 수도 있으니 말이다.

그렇다면 태어나면서부터 앞을 못 보는 사람들은 꿈을 꿀까?

당연히 그들도 꿈을 꾼다. 단 일상에서 시각적 이미지 정보를 눈에 담을 수 없으니 시각적 이미지의 꿈을 꿀 수 없다.

대신, 온종일 만지며 반응했던 촉감과 들었던 소리에 반응하여 소리의 꿈을 꾼다. 좀 비약하자면 음악적인 꿈을 꾼다는 이야기인데, 왠지 낭만적인 이야기처럼 들릴 수도 있지만 꿈이란 그런 것이다. 그렇다면 후천적, 그러니깐 사고든 질병으로 인하여 시력을 잃은 사람들은 어떤 꿈을 꿀까?

시력을 잃은 초창기에는 이전과 비슷하게 정상인처럼 꿈을 꾼다.

그러나 시간이 흘러 시각적 이미지에 대한 경험이 없어지거나 줄어들고 둔해지면서 오랜 시간이 지나다 보면 결국은 선천적인 시각장애인들의 꿈과 비슷해진다.

뇌는 더 이상 시각적 이미지 정보를 담을 수 없으니 다른 감각인 청각, 후각, 촉각 등의 반응을 통한 다른 형상의 꿈을 꾸게 된다고 한다. 선천적 시각장애인보다 후천적 시각장애인의 꿈은 빈약하지만 시각적 기억의 경험을 기억하고 산발적인 시각적 꿈을 꾸게 되는데, 그것은 우리가 꾸는 그런 꿈이 아니라 과거 기억에 남아서 조각조각 심어져 있는 단순한 스틸컷 이미지 정도의 꿈을 꾸게 된다.

그렇다고 해서 꿈이라는 게 매일 일상에서 본 시각적인 정보에만 반응한다는 건 아니다.

꿈은 아주 방대하고 다양한 범위의 복합적인 산물이다.

꿈은 실제 현실의 경험에 의한 시각적 정보에 의해서만 결정되는 것이 아니며 꿈꾸는 자의 지난 과거와 내적인 삶이 매우 복잡하게 연관되어 나타난다.

또 어떤 사람들은 악몽을 꾼다고 해서 잠들지 않으려는 사람들도 있다. 각성제를 연신 먹어대며 잠에서 멀어지려는 사람들은 상당한 위험부담을 가지고 살아가야 한다.

잠을 잔다는 것은 단순히 휴식 활동이 아니다.

하룻밤 정도 잠을 설치면 아침에 조금 피곤하고 온종일 신경이 예민해지는 건 누구나 경험해 본 사실이다. 그러나 이틀, 삼일 정도 잠을 자지 못한다면 기억력이 감퇴하고 중요한 약속도 잊어버릴 정도로 집중력이 흐려진다. 악몽이 싫어서 온갖 각성제로 수면을 취하지 않는다면 악몽보다 더 무서운 지옥을 맛보게 될 수도 있다

건강한 사람도 10~20일 정도 물만 마시며 단식 같은 걸 해도 살 수는 있지만, 2주 정도만 잠을 취하지 못하면 죽음에 이르게 된다.

잠을 잔다는 게 왜 그리도 중요한 것일까?

수면, 되도록이면 좋은 질의 수면은 우리 몸의 근육과 장기를 회복

시키고 일상의 기억을 정리해 주며 마치 컴퓨터로 비유를 한다면 디스크 정리 같은 기능을 한다.

수면은 우리가 일상에서 겪었거나 시각적인 정보들 중 불필요한 정보들을 삭제해 주고 다시 기억해야 하는 정보들은 상기시켜 주는 기능도 하고 있다. 수면을 취하며 만약 이런 과정들을 겪지 않고 살아간다면 우리의 뇌는 불필요한 정보를 포함하여 너무도 많은 정보를 담게 되어 언젠가는 뇌가 녹아내리거나, 혹은 터져버리거나, 아니면 수많은 이미지가 뇌 안에 혼재하여 아마도 정신병자가 될 가능성이 매우 높아진다. 그래서 잠이란 정말 중요한 것이다.

더욱이 잠을 취하며 꿈을 꾼다는 것은 더욱더 중요한 과정이다.

잠은 여러 단계를 거치며 진행된다.

과학자들은 미세하게 나누어서 4~5단계로 이야기하지만, 단순하게 설명한다면 3단계 정도의 수면 단계가 있다.

최초의 수면, 즉 수면의 1단계는 얕은 잠이 든 선잠 상태이다. 이때 뇌파는 고요한 알파파를 내보낸다.

1단계에서는 아주 작은 자극에도 쉽게 깨어날 수 있지만, 그 단계를 넘어서 약 40~50분 정도의 시간이 흘러 2단계에 이르면 거의 죽은 사람에 가까운 뇌파가 흐른다.

뇌파는 점점 길어지고 느려져 델타파를 내보내는 단계에서는 아주 깊은 잠에 든 상태가 된다. 이때는 자극에도 쉽게 깨어나지 않는 깊은 수면의 단계에 이른다. 그리고 다시 40~50분 정도의 시간이 흐르면 다음 단계로 넘어가는데, 그 수면의 3단계는 우리가 많이 들어보았던 렘(REM: Rapid Eye Movement)수면 단계이다. 렘수면은 말 그대로 '급속도로 눈동자가 움직이는'이라는 뜻이다.

렘수면 단계에 이르러서야 우리는 비로소 꿈을 꾸기 시작한다.

좀 무섭기도 하지만, 우리는 누군가가 옆에서 잠을 잘 때 눈동자를 빠르게 움직이며 잠을 자는 사람을 본 적이 있을 것이다.

그때가 꿈을 꾸는 렘수면 단계인 것이다.

눈동자들이 빠르게 움직이는 것은 정보 처리를 하는 과정인데, 이 과정을 통해 아까 언급했던 일상에서 보고 느끼고 기억하는 정보 중에서 불필요한 시각, 청각, 후각 등 우리가 바라지 않았지만 뇌가 저장한 정보들은 삭제하고 그 정보들이 사라져 다시 생겨난 저장 공간에 우리가 다시 기억해야 하는 약속이나 정보들을 추리고 재생산하여 저장한다. 그리고 우리가 수면을 깊이 취하는 동안 불필요하게 움직이지 못하게 뇌는 생체 스위치를 꺼버린다. 움직임을 최소화할 수 있게 말이다. 그러다 우리가 꿈속에서 귀신을 만나 그 귀신을 피해서 도망이라도 치려고 하면 우리 몸은 스위치가 꺼진 상태라 미친 듯이 도망가고 싶지만 그렇게 하지 못하여 답답해하다가 간신히 깨어나고는 하는데, 그것을 우리는 "가위눌렸다."라는 표현을 쓰곤 한다.

하룻밤 동안 우리의 수면은 이와 같은 3단계의 과정을 4~5번씩 반복한다. 그러니까 꿈을 꾸는 렘(REM)수면 단계 또한 4~5번 정도 반복하는데, 우리가 아침에 일어나 간밤의 꿈을 기억할 때는 과연 그것이 정말로 내가 꾼 꿈인지를 의심해야 한다. 4~5번 정도 꾼 꿈에서 과연 지금 내가 기억하는 게 몇 번째 꿈일까? 그게 과연 정확히 몇 번째 꿈일까?

사실 대다수 꿈은 비현실적이다. 또한 비상식적인 일투성이다. 그

저녁을 보내는 근사한 방법

릴 수밖에 없는 것이, 우리가 조금이라도 기억하는 건 한 가지인데, 그렇게 기억하는 꿈은 4~5번의 꿈이 마구 섞이고 혼재된 꿈의 기억이다. 결국 아무것도 아닌 게 된다. 난 그 꿈을 그냥 이미 버려진 불필요한 쿠키나 인터넷 방문 기록 파일 이미지들의 산물이라 여긴다.

또렷하게 정상적으로 몇 번째 꿈이라고 말할 수 있는 사람이 이 세상에 몇 명이나 있을까? 과연 그것을 증명할 수 있는 장비 같은 게 있기는 한 걸까? 그래서 난 예지몽이니, 태몽이니 하는 것들은 믿지 않는다.

물론 나도 집사람이 딸아이를 임신했을 때 딸기 꿈이나 귀엽고 하얀 생쥐가 나오는 꿈을 꾸고 그것이 태몽이라고 우기는 집사람의 주장을 굳이 꺾지는 않았지만, 세상에 그런 꿈은 없다고 생각한다. 이건 순전히 나의 개인적인 생각일 뿐이다. 그런 비과학적이면서 어떤 부분에서는 일부 논리적인 설명도 할 수 없지만, 그래도 한 번쯤 고개를 끄덕이며 믿어 보고 싶은 초자연적인 현상들 또한 우리가 아예 배제하고 살 수는 없는 노릇이니까 말이다.

예를 들어, 어릴 적 우리 아버지의 출근길을 긴장하게 했던 지난밤 우리 어머니의 꿈 같은 것 말이다. 굳이 내가 지금 와서 논리적으로 이를 설명해 보자면 우리 어머니의 치밀한 계획이 아니었나 싶다. 분명 순진한 우리 아버지는 어머니에게 무심코 어떤 거래실적에 관해서 이야기했고 며칠이 지난 이후 그 거래처 사장은 감사 인사의 뜻으로 어느 정도 금액이 든 봉투를 건넸을 텐데, 그것이 반복되면서 우리 어머니의 촉에 꽂힌 것이다.

어떤 거래처는 20만 원, 어떤 거래처 사장은 30만 원…. 이렇게 패턴을 읽은 것이다. 그래서 영민한 우리 어머니는 순진한 우리 아버지가 비자금 조성을 하지 못하게 어떤 거래 실적이 있다고 무심코 말하면 그 패턴을 기억하여 며칠 후에 아버지에게 선빵을 날린 것으로 추정된다.

하⋯. 우리 엄마, 대단한걸⋯.

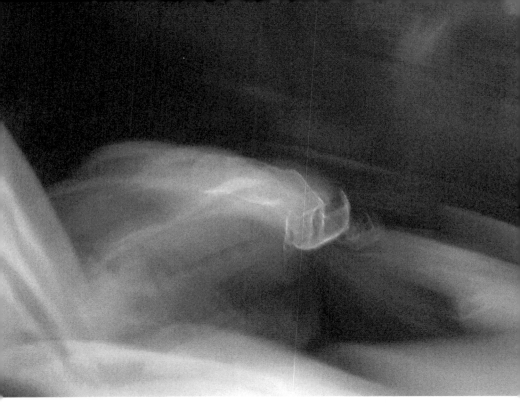

영혼의 무게

"우리가 모두 떠난 뒤
내 영혼이 당신 옆을 스치면
설마라도 봄 나뭇가지 흔드는
바람이라고 생각지는 마."

마종기 시인의 〈바람의 말〉이라는 시구 중 초반 도입부이다.

얼마나 낭만적이고 아름다운 표현인가?

"사랑하는 당신과 내가 다 떠나간 뒤에 보려 해도 볼 수 없는 때에
도 어느 날 당신 곁에 나뭇가지를 흔드는 봄바람이 불어와도 그것이
그냥 봄바람이라 생각하지 말고 당신을 그리워하는 나의 영혼이 당신
옆을 스쳐 지나가는 것이라고…"

본문의 내용을 전부 담을 수는 없지만, 정말 아름다운 시이다.

그런데 영혼이라는 건 과연 무엇일까?

공식적인 어학 사전에서는 이렇게 표기하고 있다.

저녁을 보내는 근사한 방법

영혼

① 육체 속에 깃들어 생명을 부여하고 마음을 움직인다고
　여겨지는 무형의 실체
② 인간 이외의 생물과 무생물에 깃들어 있다는 눈에 보이지
　않는 존재
③ 죽은 이의 넋

영어로는 'Soul'이나 'Spirit'으로 표기하는데, 난 굳이 영혼을 해석
한다면 'Soul'이라는 단어를 선택하고 싶다. 'Spirit'은 우리가 인지하
는 영혼이라는 의미보다는 어떤 정신에 가까운 의미로 보고 배웠으니
깐 말이다.

또 흔히들 "자유로운 영혼이 되고 싶다."라는 표현을 하곤 하는데
영혼이 자유롭다는 건 어떤 의미일까?

1901년, 매사추세츠주 헤이브릴의 의사 덩컨 맥두걸(Duncan Mac-
Dougall) 은 영혼에 무게가 있다는 가설을 세운 뒤 그걸 증명하고자
실험에 착수한다. 맥두걸은 영혼이 존재한다면 그 영혼은 사망 시 반
드시 육체를 빠져나갈 것이고 질량 보존의 법칙상 그 영혼에는 무게
가 있을 것이라고 믿었다.

즉, 임종을 앞둔 환자들의 사망 전후 몸무게를 정밀하게 측정하고
사망 시 발생하는 과학적 질량의 변화 요소를 배제하고 남은 무게가
곧 영혼의 무게일 것이라고 믿은 것이다.

그 실험을 위해 당연히 죽음을 앞둔 환자들을 모집단으로 하여 6
명을 모집했다. 그리고 그 환자들이 죽음을 맞이할 때 영혼이 몸을

떠난다고 가정하고 죽는 순간에 영혼이 떠나 잃는 질량의 오차를 측정하고자 하였다. 실험을 위해 임종을 직전에 둔 환자의 침상을 아주 미세한 무게까지도 측정할 수 있는 산업용 저울 위에 올리고 실험을 진행하였다. 물론 어찌 보면 반인륜적인 이런 그의 실험을 정당화하기 위해 맥두걸은 죽어가는 환자들에게 "당신의 죽음이 과학 발전에 이바지할 것이고 사후 당신의 이름이 중요한 연구 자료로서 오랫동안 남을 것이다."라고 설득했을 것이다. 그리고 그는 그램 단위까지 측정이 가능한 초대형 정밀 저울 위에 침대를 올려놓고 임종을 맞은 환자들을 차례대로 측정했다.

이 실험에서 환자 중 한 명은 무게를 잃었으나 잠시 뒤 무게가 다시 돌아왔으며 두 명의 환자는 사망 시 무게 손실이 있긴 하였으나 수분이 지난 뒤 훨씬 더 많은(영혼의 무게라 하기에는 너무 무거운) 무게를 잃었다. 환자 중 또 한 명은 정확히 사망 시점에 21.3g을 잃었다. 맥두걸은 나머지 두 환자의 결과를 저울이 세밀하지 않았고 장비의 눈금도 맞추어지지 않았다는 핑계로 다른 결과들은 무시하고 영혼의 무게는 21g이라고 주장했다.

당시 과학계에서는 모집단의 허술함과 정확하지 않은 모집단의 다양한 결과를 무시하고 선택적으로 21g이 되었다는 것을 근거로 이러한 주장을 받아들이지 않았다.

또한, 맥두걸은 오직 인간에게만 영혼이 있고 동물에게는 영혼이 없다는 믿음 가운데 이후 사망 후의 개 15마리의 무게 변화를 측정했다.

그리고 개들의 경우 어떠한 개도 사망 후 무게 변화가 발생하지 않았다고 보고하였다. 맥두걸은 이러한 실험 결과에 의해 개뿐만 아니라 어떠한 동물에게도 영혼은 없다고 주장하였다.

하지만, 동물들도 체내의 수분과 공기가 있을 텐데 죽었을 때 아무런 무게 변화가 없다는 것은 사실이 아니라는 영혼 반대론자들의 공격을 받았다. 더군다나 맥두걸은 자신의 동물 실험을 위해 병들거나 죽어가는 개들을 이용하기를 바랐으나 그런 개들을 찾지는 못했다. 결국 그는 건강한 개들을 독살시킨 것으로 추정되었고, 맥두걸의 이 실험은 크기가 작은 표본 크기, 사용된 방식, 또 6명의 피실험자 중 오직 한 명만이 이 가설을 충족했다는 까닭에 결함이 있고 비과학적이라는 것으로 널리 간주된다.

이 케이스는 선택적 보고의 한 예로, 과학 사회 내에서는 받아들여지지 않고 있지만 이처럼 황당하고 반인륜적인 맥두걸의 실험은 영혼에 무게가 있으며 특히 그 무게가 21g이라는 개념을 세간에 보급하였다. 이런 실험 결과를 믿는 사람들도 사실 많다.

하긴, 아직도 지구가 평평한 평면이라고 믿는 사람들도 수만 명이나 된다고 하니, 이 지구의 무식쟁이들을 어쩐담….

특히나 미국 내의 이상한 심령학회나 귀신을 믿는 사람들도 있다. 뭐 네바다주 사막의 51구역에는 외계인이 거주를 하니, 마니 하는 사람들과 지구는 둥글지 않고 사실은 평면이라는 사람들의 술안주 이야깃거리가 되기에는 충분한 가설인 것 같지만, 난 이런 황당한 가설은 믿지 않는다.

개인적인 의견이지만, 말도 안 되는 맥두걸의 이런 실험은 둘째치더라도 그 가설이나 질문부터 잘못된 것이라고 본다.

즉, '왜 영혼에 무게가 있어야 하는가?'부터 시작해야 한다고 본다.

난 사실 무신론자이지만, 차라리 종교적 관점에서는 이를 이해할 수 있다.

하여튼 종교는 눈에 보이지 않는 영생이나 윤회를 신봉하고 그 믿음을 전제로 하여 죽는 순간 육체를 떠나는 연기처럼 피어오르는 영혼들의 목적지를 사후세계라 통칭한다. 그 사후세계는 아무도 알 수 없기에 그것이 종교가 갖는 순기능이라고 한다면 난 그것에는 동의할 수 있다.

믿음이나 신념이라는 건 타인이 간섭할 수 없는 영역이니까.

영혼의 유무를 떠나서 아마 추측건대 맥두걸에게 영혼의 무게 따위는 중요하지 않을 수도 있다.

그는 오직 인간만이 영혼을 가진 유일한 존재라고 주장하고 싶었던 것일 수도 있다. 그렇지 않고서야 겨우 6명의 모집단 중 1명의 측정 오차를 가지고 그것을 논문에 게재할 만큼 무식할 수 있을까?

그게 그렇게 중요한 가설이자 실험이었다면 저울의 기술이 좀 더 발달한, 1920년경에 맥두걸 본인이 임종을 앞두고 본인의 침상을 정밀한 저울에 올려서 실험해달라고 유언을 해야 했다.

현재 지구상에 존재하는 생물 종은 약 150만 종으로 추산되고 있다.

그중에서 유일하게 오직 인간만이 영혼을 품고 있어야 할 근거는 무엇인가? 그 슬픈 눈을 가진 소나 노새, 사슴, 그리고 코끼리, 악어들은 왜 영혼이 없다는 것일까? 저 깊은 심해의 바다를 외롭게 떠돌다 죽은 향유고래 사체는 심해 생물들에게 몇 년에서 몇십 년까지 계속되는 식량을 제공하다가 없어지는데, 그런 향유고래에게는 왜 영혼이 없다는 것일까? 그 향유고래의 영혼은 생전의 향유고래처럼 바닷

저녁을 보내는 근사한 방법

속을 하염없이 떠도는 것일까?

만약 인간에게만 영혼이 있다면 우리 인류가 언제부터 영혼을 가지게 된 것일까? 우리도 150만 종이 넘는 생물 종들과 진화의 역사 안에 같이 있는 것이 아닌가. 유인원에서 인간의 초기 모습으로 진화한 원인류 시절부터 본다면 현생 인류의 모습은 아니지만, 크게 나눈다면 그나마 모습을 갖춘 오스트랄로피테쿠스, 호모 에렉투스, 네안데르탈인, 그리고 신인류인 크로마뇽인과 오늘날 우리의 조상이라고 하는 호모 사피엔스까지 도대체 이 수만 년의 시간 동안 150만 종보다 더 많은 종과 진화를 같이하면서 어느 지점에서 우리만이 영혼을 가지게 되었는가가 궁금하다.

결국 말도 안 되는 주장들일 뿐이라는 것이다.

그 지점을 자신 있게 말할 수 있는 과학자나 장비가 단 한 명이든, 혹은 한 개라도 있을까? 만약 정말 인간에게 영혼이라는 게 있다면, 다른 생물 종들에게도 있을 것이다. 또한, 그 영혼들이 정말 어딘가 사후세계로 가지 못하고 구천을 떠돌며 귀신이 된다면 다른 생물들도 귀신이 되어서 떠돌아야 한다. 하지만 이상하게도 왜 미국 영화에서는 항상 백인 여자아이의 귀신만 나오는지, 왜 우리나라 귀신은 몇천 년이 지났는데도 매번 소복에 긴 머리를 하고 눈을 희뜩이는 여자 귀신만 나오는지, 왜 21세기에도 저승사자는 남자가 독점하며 하얀 분칠을 하고 검은 갓을 쓰고 나타나는지…. 그런 논리라면 세상 어디를 가나 귀신들로 가득할 것이다.

저 세렝게티 초원에서 야수에게 먹잇감이 되어버린 얼룩말의 영혼도, 그깟 상아 때문에 억울하게 도살당한 코끼리 모자도, 누구나 쉽게 밟고 지나가는 도로 위 동물의 사체들도, 다들 억울한 사연들이 있어서 그 영혼이 서러워져서 구천을 떠돌게 분명한데 말이다.

한 사람의 임종을 목전에 앞두고 경건함이나 엄숙한 유족들의 슬픔은 온데간데없이 무게의 오차를 측정하느라 분주한 몇몇 의사와 조수들의 소동은 과연 윤리적으로 맞는 것일까?

인류의 역사를 되짚어 볼 때 한 줌 모래조차도 안 되는 우리의 인생사에서 그깟 영혼의 무게나 질량 따위가 뭐가 그리 중요한가?

그냥 어느 봄날 나뭇가지 흔드는 봄바람이 불어와 내 뺨을 스치면 '누군가의 영혼이 나를 그리워하며 스쳐 갔구나…'라고 여기고, 그 누군가의 영혼이 우리 할머니일 수도 있고, 또 순간 떠오르는 사람이 있다면, 그것만으로도 한 번뿐인 짧은 인생에서 아름답고 낭만적인 기억이 되지 않을까?

호밀밭의 파수꾼

내가 이 소설을 읽었던 시기는 아마『호밀밭의 파수꾼』의 주인공인 홀든 콜필드와 비슷한 나이였던 것으로 기억한다.

15~16살 정도 되었을까. 홀든처럼 학교에서 퇴학당하지는 않았지만, 고등학교 입학식부터 기숙사에 들어가서 아마도 고등학교 2학년 때 즈음에 고등학교와 기숙사 생활에 신물이 날 정도로 지겨운 날들이 연속되던 시절이었다. 호밀밭의 파수꾼을 읽고 난 후였는지, 기숙사 탈출 및 가출 후 붙잡혀 온 다음에『호밀밭의 파수꾼』을 읽었는지 정확하게 기억나지는 않는다. 다만, 거의 그 시기를 크게 벗어나지 않았다는 것만 기억한다.

홀든 콜필드.

어느 집안이나 있는 망나니 같은 녀석, 꼭 어느 집이고 한 놈씩 있는 그런 녀석, 집안의 골칫덩어리. 그리고 단 한 번도 부모님의 기대에 부응하지 못했던 바로 나.

그 시절 나는 홀든과 거의 동지의식 같은 정서를 품었던 것 같다.

왠지 홀든의 혼란스러운 상황이 정말 마음속으로 그대로 느껴졌다. 홀든이 왜 그리도 반항적인 학생이 되어버렸는지는 소설에서 언급하지는 않지만, 사춘기 청소년이 겪어야 하는 자아의 정체성 혼란을 생각해 보면 충분히 이해가 되는 측면이 있다. 당시에는 나도 잘 몰랐던 '그저 반항만이 나의 길이다.'라는 무지하고 불온한 생각으로 동지의식을 느꼈던 것 같다.

크리스마스를 앞두고 학교에서 퇴학을 당한 홀든은 사흘 동안 방황의 여정을 시작한다. 고등학생 신분으로 마치 세상사를 다 겪은 사람처럼 바에서 술을 마시기도 하고 불량한 생각들로 얼룩져있다. 모텔에 들어가 창녀를 부르는가 하면 모텔에서 싸움에 휘말리기도 한다. 홀든이 어떤 환경에서 자랐고 그가 무슨 일을 겪었는지, 왜 그렇게 삐뚤어지고 불량스러워지고 세상에 대한 불만이 가득한지는 소설에서 설명해 주지 않는다.

홀든은 퇴학당한 사실이 알려지는 게 두려웠는지 집에 몰래 들어가 여동생 피비를 만나는가 하면 독립할 마음을 먹고 먼 곳으로 떠나기로 결심한다.

그러나 택시를 타고 맨해튼 시내를 방황하며 자신의 미래를 구상하거나 당장 내일을 생각하기보다는 센트럴파크의 연못에 사는 오리들이 이 추운 겨울날 얼어 죽지 않을까를 걱정하는 소년이다. 계속되는 불만과 반항심 가득한 말투들과 술 마시고 담배를 피우는 허세를 부리면서도 소설의 중간마다 어린 소년의 순수함도 엿보인다.

홀든과 친분이 있는 학교 선생님이든, 친분이 있는 것처럼 보이는 가식적인 관계의 친구들이든, 홀든과 관계된 인간들은 모두 사회에서

　　　　　　　　　　　　저녁을 보내는 근사한 방법

그럭저럭 안정되어 보이는 인간상들이다. 성공한 아버지, 교양 넘치는 어머니가 계시는 부유한 가정에서 자랐고 홀든이 다니는 학교 또한 부유한 가정의 학생들이 다니는 사립 기숙사 학교다. 학교 친구들 또한 다들 졸업 후 좋은 대학에 들어가 안정적인 직장과 인생을 거의 보증받은 사람들이다. 그것에 대한 반항감이었을까.

홀든이 진심으로 가장 좋아하는 사람은 몰래 집에 갔을 때 오빠 홀든에게 자기의 용돈을 다 털어주고 같이 가출을 감행하려는 어린 여동생 피비이다. 홀든에게 어린 여동생 피비는 순수의 상징 같은 인물이다.

그런 어린아이의 순수함을 지켜주고 싶은 홀든은 비록 반항아이지만 세상에서 피비의 순수함만은 지켜줘야겠다는 각오를 품은 소년이다.

어린 여동생 피비와 아이들이 호밀밭에서 마음껏 뛰어놀 때 혹시나 잘 보이지 않는 낭떠러지로 떨어지지나 않을까 걱정하며 그 호밀밭의 파수꾼이 되고 싶은 홀든 콜필드.

인간과 사회의 타락에 맞서서 아이들의 순수함을 보호해야 한다는 사명감을 지닌 홀든 콜필드. 욕망과 호기심이 간절한 나이임에도 불구하고 그런 사회가 이상하게 보이며 누군가의 보호와 어떤 제어가 필요하다고 생각했던 그. 그래서 아이들이 얼마든지 걱정 없이 위험하지 않게 뛰어놀 수 있는 그런 사회의 호밀밭의 파수꾼이 되어야 한다는 홀든의 생각들…. 그리고 동생 피비의 순수한 마음을 지켜주기 위하여 정상으로 돌아가야 한다는 의식을 갖게 된 홀든 콜필드.

나는 누구의 무엇을 지켜주는 파수꾼일까?

내가 진정으로 지켜 주고, 지키고 살아야 하는 것들에 대해서 나는 과연 그렇게 해 왔을까? 그 시절이 지난 지 벌써 30년이 훨씬 지났지만, 홀든의 마음과 나의 마음은 아직도 이어져 있는 듯하다.

아마도, 그 반항의 시절 어쭙잖게 꼴통 짓의 즐거움에 흠뻑 빠질 뻔한 아주 과도한 시기에 어쩌면 나를 낭떠러지로 떨어지지 않게 내 손을 바로잡아 주었던 것도 홀든 콜필드가 아니었을까.

소설『호밀밭의 파수꾼』중에서 내가 좋아하는 구절이 있다.

> "그건 그렇다 치고, 나는 늘 넓은 호밀밭에서 꼬마들이 재미있게 놀고 있는 모습을 상상하곤 했어. 어린아이들만 수천 명이 있을 뿐 주위에 어른이라고는 나밖에 없는 거야. 그리고 난 아득한 절벽 옆에 서 있어. 내가 할 일은 아이들이 절벽으로 떨어질 것 같으면 재빨리 붙잡아 주는 거야. 애들이란 앞뒤 생각이 없이 마구 달리는 법이니깐 말이야. 그럴 때 어딘가에서 내가 나타나서는 꼬마가 떨어지지 않도록 붙잡아 주는 거지. 온종일 그 일만 하는 거야. 말하자면 호밀밭의 파수꾼이 되고 싶다고나 할까. 바보 같은 이야기라는 건 알고 있어. 하지만 정말 내가 되고 싶은 건 그거야. 바보 같겠지만 말이야…"

또 여동생 피비가 회전목마를 타는 모습을 보며 홀든은 이런 생각을 한다.

> "피비가 목마를 타고 돌아가고 있는 걸 보며 불현듯 난

행복감을 느꼈다. 너무 행복해서 큰소리를 마구 지르고 싶을 정도였다. 왜 그랬는지는 모르겠다. 그냥 피비가 파란 코트를 입고 회전목마 위에서 빙글빙글 도는 모습이 너무 예뻐 보였다. 정말이다. 누구한테라도 보여주고 싶을 정도로."

그리고 소설은 이렇게 끝을 맺는다.

"내가 알고 있는 건 이 이야기에서 언급했던 사람들이 보고 싶다는 것뿐. 이를테면 스트라더레이러나 애클리 같은 녀석들까지도. 모리스 자식도 그립다. 정말 웃긴 일이다. 누구에게든 아무 말도 하지 말아라. 말을 하게 되면, 모든 사람들이 그리워지기 시작하니까."

그 홀든을 주인공으로 하여 "그 시대, 아니, 아주 오랜 세월 동안 문명의 발전과 이기 속에서 무너져 가고 지켜지기 힘든 우리 주위의 정말 소중한 그 무엇들을 지키자. 지켜야 한다."라는 문학적 주장을 외쳤던 제롬 데이비드 샐린저(J. D. Salinger)의 저항정신이 내 청춘의 마음 그리고 30년이 훌쩍 지난 중년의 마음에도 아주 크게 메아리치고 있다.

제롬 데이비드 샐린저(J. D. Salinger)의 명복을 빌며….

별로 돌아간다는 것

이 글은 친한 친구의 아버님이 돌아가신 날, 출장 때문에 도저히 일 정을 맞추지 못해 미안한 마음과 더불어 위로의 문자를 보낸 기록을 보며 작성하였습니다.

"우리는 모두 별에서 왔다가 다시 별로 돌아간다."

사랑하는 친구야~!

이 글귀는 아름다운 시적인 문구가 아니라 과학적으로 입증이 된 사실이야. 우리 몸을 이루는 모든 원소와 물질은 수십억 년 전 어느 별의 폭발로 먼지, 입자, 원소들이 우주 공간에서 흩어져 날아다니 가 서로 충돌하고 뭉쳐져서 지구라는 행성이 되었고, 그로 인해 우리 는 어떤 세포 물질에서 수억 년 동안의 진화를 거쳐 인간이 되었어. 관측에 의하면 약 50억 년 후에 태양의 수명이 다하면 태양 폭발의 여파로 지구는 궤도를 이탈하거나 태양의 열 폭발에 흡수되어 다시

저녁을 보내는 근사한 방법

먼지가 될 거야.

그렇게 우주 공간을 떠돌다가 언젠가는 어느 별의 중력에 이끌려서 다시 어느 행성으로 자리 잡겠지.

과학이지만 참 아름다운 이야기 같아.

그래서 우리는 모두 별에서 왔다가 다시 별로 돌아가는 존재들이야. 그러니 살면서 마음속에 작더라도 별 하나쯤은 기억하고 지니고 살아야 해. 그러면 좀 더 세상이 가치 있고 경이롭게 보일 거야.

여기 교토의 작은 호텔 창밖의 바람에 살랑살랑 흔들리는 나뭇잎 한 잎조차도 경이롭게 느껴진다.

12세기 아프리카 북부에서 쓰인 시 가운데 이런 구절이 있어.

가능할까?
나
야곱 알만스의 일개 백성도
장미와 같이
아리스토텔레스와 같이
죽어갈 수 있을까?

아름다운 장미의 죽음, 고대의 가장 위대한 철학자의 죽음, 그리고 일개 백성의 죽음. 어찌 보면 죽음이야말로 가장 보편적 평등, 가장 유일한 평등에 가까운 것이라 믿어.

돌아가신 분의 명복과 안식을 기도하는 것은 신의 존재를 따지기 이전에 같은 인간으로서의 당연한 도리이겠지마는….

난 인간의 죽음은 그 언젠가 아득한 태곳적에 별에서 왔던 그 무언가로, 아주 먼 시간이 지나서 별로 다시 돌아가는 길고도 긴 여정의 시작이라고 생각하고 싶어.

그러니 자네도, 나도, 아버님께서도, 우리 모두 언젠가는 그 별로 돌아가는 거니까 너무 슬퍼하지도 너무 비탄에 잠기지도 말아. 그냥 조금 일찍 별로 돌아가셨다고 생각하면 한결 마음이 편안해질 거야.

또한 죽음이라는 단어보다는 누군가의 말처럼 "숨결이 바람 되셨구나."라고 의미를 부여한다면 멀리 가시는 어르신께 좀 더 괜찮은 작별 인사가 될 것으로 생각한다.

왜냐면 우리는 언젠가 다시 만날 거니까.

별로 돌아가시는 어르신께 안부 인사 못 드리는 나를 용서해 주게나.

장례 치르고 다음 주에 돌아가면 소주 한잔하세나….

도깨비불에 대한 추억

　내가 군산에서 유년 시절을 보낼 때, 나를 각별하게 아끼셨던 나의 외할머니께서는 도깨비에 관한 이야기를 자주 해 주셨다. 외할아버지 께서 젊었던 시절에 어느 날 어두운 밤길을 걷는데 갑자기 도깨비가 나타나서는 씨름을 한판 하자고 도전했다는 것인데, 이런 이야기를 하실 때는 외갓집의 잔치가 끝나가고(생각해보면 그땐 무슨 잔치가 그리 도 많았는지) 어스름하게 땅거미가 질 무렵, 커다란 마당에 설치했던 천막들이 치워지고 인제 그만 마시고 가라는 외할머니의 핀잔에도 아랑곳하지 않고 이미 거나하게 취한 몇몇 사람만이 옹기종기 모여 있을 때 어린 나에게 과일을 깎아 주시며 이야기를 시작하시곤 하였 다. 어린 나는 아무리 들어도 질리지 않는 도깨비 이야기를 듣기 위 해 호기심 가득한 두 눈을 동그랗게 뜨고 할머니 곁에 바짝 붙어서 이야기를 듣곤 했다.

　이야기인즉 할아버지가 단숨에 안다리걸기로 도깨비를 넘어뜨리고 는 도깨비를 주위의 볏짚을 꼬아 만든 새끼줄로 전봇대 같은 곳에 묶 어두고 집으로 오셨는데 다음 날 아침에 그 자리에 가 보니 도깨비는 사라지고 묶었던 새끼줄만 전봇대 주변에 풀어 헤쳐져 남아있었다는 게 이야기의 결말이다.

또 할머니는 어린 나에게 항상 당부하시던 말씀이 꼭 있었다.

"도깨비가 갑자기 나타나면 겁먹지 말고 분명 씨름하자고 말을 걸어올 텐데, 씨름하되 도깨비의 가장 큰 약점인 왼쪽 다리를 안다리로 걸고 자빠뜨려라."라는 당부셨다. 어린 나는 그 당부를 항상 머릿속에 기억하며 밤중 외갓집에서 산을 넘어 우리 집으로 어린 나보다 더 어린 여동생들을 데리고 산을 넘어오는 길에는 약 2m 정도 길이의 할머니께서 손수 볏짚을 꼬아 만든 새끼줄을 어깨부터 가로질러 매고는 랜턴을 들고 산을 넘으며 항상 도깨비의 왼쪽 다리 생각을 되뇌곤 했었다.

또한, 외할머니의 조언 중에는 도깨비가 나타나기 전 어떤 징조가 있는데, 그것은 멀지 않은 주위에 도깨비불이 나타난다는 것인데 어린 나는 언젠가 저녁이 이미 한참 지난 무렵 할머니께서 쥐어 주신 랜턴을 들고 외갓집을 나서서 산등성이를 넘어 두 여동생을 데리고 우리 집으로 넘어오는 길에는 내 어린 여동생들에게 나의 두려움을 드러낼 수는 없어서 도깨비 따위는 무섭지 않다는 투로 길을 열고자 막대기로 긴 풀들을 마치 칼로 베기라도 할 듯이 휙~ 휙~ 쳐대며 큰소리로 휘이~ 휘이~ 소리도 내며 풀들을 휘젓다 보면 오밤중 나의 서슬에 놀란 온갖 나방들이며 여치며 메추리며 산토끼들은 혼비백산하여 정신없이 흩어지고, 어쩌다 산 중턱 묘지 주변에 가끔 어렴풋이 도깨비불 같은 것이 보일 때가 있었는데, 난 그 불빛을 보자마자 두 동생

저녁을 보내는 근사한 방법

들 손을 붙들고 죽어라 산기슭을 내달렸던 기억 또한 생생하다. 내가 조금 더 자라 어른이 되어서야 이 공포의 도깨비불에 대한 실체를 알게 되었는데, 그것은 이런 것이었다.

희한하게도 도깨비불은 거의 묘지 주변에서 보이곤 하였는데, 그것이 반딧불이 무리였을 수도 있겠다는 생각을 이제 와서야 해 본다.

혹은 사람이든, 동물이든 살아있을 때는 밖으로 나오지 않고 몸 안에 있다가 죽어서 땅속에 묻힌 사체가 썩을 때 뼛속에 다량의 성분으로 있는 '인' 성분이 자연스럽게 땅속에서 빠져나와 공기 중의 수분과 결합하여 인화수소가 된다. 이때 '인' 성분의 발화점이 낮아서 자연발화가 되는 현상일 뿐이었던 것이다. 또한 그 자연발화의 불의 색깔은 아주 낮은 온도의 불이라 타닥거릴 정도의 푸른빛을 띠고 있어서 옛날 사람들은 이것을 도깨비불이라 불렀던 것이다. 이렇게 이야기하면 도깨비불의 추억은 한낱 화학 현상의 결과물일 뿐이다.

당시의 나는 운이 좋았던 건지, 외할머님의 조언 덕분에 나보다 더 어린 여동생들과 어두운 밤 산등성이를 넘는 것이 크게 무섭지는 않았고, 다행히 도깨비의 씨름 도전을 받아본 적도 없었다.

시간은 흘러 나를 각별하게 사랑해 주셨던 외할머님은 내가 고등학교 시절에 다시 별로 돌아가셨고, 외할머님이 남겨 주신 도깨비에 대한 추억은 나의 가슴속에 아직도 선명히 남아있다.

그것이 나는 참 감사하다.

별이 되지 못한 행성, 목성

어느 겨울날 밤.

늦은 퇴근길에 주차하고 집에 들어가는 길에 문득 하늘을 올려다보았는데 겨울밤 외롭게 반짝이는 목성이 보였다. 아니, 정확히 말하면 경험상 목성일 것으로 추측했다고 하는 게 맞겠다.

나는 호기심이 생겨 집에 들어가자마자 내 서재에 있는 싸구려 천체 망원경(이름 모를 약 10만 원짜리)을 들고 베란다로 나가서는 그 반짝이는 곳으로 렌즈를 향했다.

목성이었다.

선명하지는 않지만, 그 유명한 소용돌이치는 목성의 대적점, 그리고 아주 작지만, 그 주위에 옹기종기 모여 있는 3개 정도의 위성들. 목성보다는 그 위성의 깜찍함이 너무 신기해서 담요를 뒤집어쓰고 한참을 바라보았던 경험이 있다.

목성은 잘 알다시피 우리 태양계의 5번째 행성으로써 하루가 24시간(자전 기준)이 아닌 9시간 55분이고 일 년은 365일(공전 기준)이 아닌

저녁을 보내는 근사한 방법

우리의 기준으로는 12년이 된다.

내가 목성을 특별히 안쓰럽게 생각하는 이유가 있다.

바로 목성은 별이 될 수도 있었던 행성이기 때문이다.

목성은 태양과 비슷하게 별의 주 물질을 이루는 수소와 헬륨으로 이루어진 대지가 없는 기체 덩어리이다. 만약 목성이 지금의 질량보다 조금만 더 컸더라면 스스로 빛나는 별이 되었을 것이다.

지구인 입장에서는 상당히 무서운 이야기지만 말이다.

그리고 지구의 1,300배나 되는 크기인데, 우리가 목성에게 고마워해야 하는 부분이 있다.

목성은 바로 지구를 지켜주는 방패막이 같은 슈퍼맨 같은 역할을 해 준다. 우주에서 가장 무서운 건 알지도 못하는 외계인이 아니라 바로 끊임없이 날아오는 혜성들이다. 각기의 혜성들은 그 크기나 속도로 인해 자칫 지구 같은 건 한 방에 날려 버릴 수도 있는 위험 요소인데, 목성은 어마어마한 크기나 그 강력한 중력장으로 지구를 향해 날아드는 혜성의 방패막이 역할을 한다.

우리는 이미 아주 오래전에 소행성 충돌로 백악기 시대 공룡들이 멸종했다는 것을 알고 있다.

또한, 목성에는 위성이 지금까지 관측된 것만 해도 최소 63개가 있다.

지구로 따지자면 달이 63개가 있다는 것이다.

우리가 많이 들어봄 직한 유로파(Europa), 테베(Thebe), 아말테이아(Amalthea), 메티스(Metis), 가니메데(Ganymede), 칼리스토(Callisto) 등이 대표적인 목성의 위성들이다.

우리가 만약 목성에 거주하고 있다면 매일 밤 궤도를 달리하는 것을 고려하더라도 최소 30개 이상의 달들이 둥둥 떠 있는 것을 볼 수 있을 것이다.

아이고야… 밤마다 달이 30개씩이나 떠 있다니….

그것도 같은 크기가 아니라 서로 각기 다른 크기의 달들이 30개씩이나 떠 있다면 우리는 어떤 생각들을 하고 살까?

하루키의 소설 『1Q84』에서 나오는 두 개의 달쯤은 아이들 장난 수준일 것이다.

굳이 1개든, 30개든, 63개든 상관없이 달이라는 위성이 주는 의미는 상당한데, 중세 시대 영국에서는 밤에 범죄를 저지른 자를 심문할 때 달빛에 무언가 홀리어 죄를 저지르게 되었다는 범죄자의 진술을 정상 참작하여 감형해 준 판결 사례가 있다.

나도 그 정도는 아니지만, 한밤중 달빛이 아름다워 망원경을 들고 달을 바라보자면 묘하게 어떻게 형용할 수 없는 어떤 황홀함에 도취되곤 한다. 우리의 달은 매년 3.8cm씩 지구에게서 멀어져 간다.

그 말은 우리 지구의 시간을 거꾸로 되돌려보자면 매년 3.8cm씩 가까웠었다는 계산이 나온다.

수억 년 전, 인류가 있기 전 공룡들이 살던 시대에 우리의 달은 얼마나 크고 가까웠을까. 아마도 밤마다 공룡들은 눈앞에 아주 커다란 전구 하나가 있는 것처럼 느껴졌을 것이다.

그 시절의 공룡들은 얼마나 황홀했을까?

또한, 명왕성을 탐사하기 위해 2006년에 발사된 명왕성 탐사선인 '뉴 호라이즌스 호'는 2007년경에 목성의 중력을 이용한 스윙바이(중력을 이용한 속도 증가 기술)를 통하여 22.85km/s로 가속화에 성공하여

저녁을 보내는 근사한 방법

2018년 3월을 기준으로 목표했던 명왕성을 지나 이제는 태양계를 넘어 궁수자리로 전진하고 있다.

명왕성을 지나 궁수자리로 전진하는 '뉴 호라이즌스 호'에는 나사(NASA)가 실은 명왕성의 발견자 클라이드 톰보(Clyde William Tombaugh)의 유골 1온스와 동전 한 닢이 있다고 한다.

그 사연인즉, 그리스·로마 신화에서 죽은 자(톰보)가 명계(명왕성)로 갈 때 명계(명왕성)의 뱃사공인 카론(위성)에게 내는 뱃삯을 의미하는 것이라고 한다.

아~! 이 로맨티시스트들….

그리고 여담이지만, 클라이드 톰보(Clyde William Tombaugh)는 현재 LA 다저스의 간판 투수 클레이튼 커쇼(Clayton Edward Kershaw)의 외할아버지의 형이다.

또한, 명왕성은 태양계 천체를 이루기에는 너무 작은 행성으로 밝혀져서 2006년 8월 24일 국제천문연맹에서 태양계 행성에서 퇴출당하여 '왜소행성'으로 분류되었다.

스칼라 그리고 벡터
-사랑의 정의

    스칼라와 벡터는 수학과 물리학 관련 용어이다. 수학은 설명하기 어려우니깐 패스하고 물리학에서의 스칼라, 벡터는 크게 보면 '질량(스칼라)이냐, 무게(벡터)냐?'를 의미한다.

    "질량과 무게가 뭐가 달라?" 하겠지만, 어떤 한 물체의 고유한 물질의 양이 바로 질량으로 우주 어느 공간이든, 지구 어느 곳에서도 질량은 변하지 않는다. 하지만 무게는 그 물체가 중력을 받는 상황에서 본질적으로 지구의 중력에 의해서 물체에 가해지는 힘의 크기이기 때문에 중력이 다른 장소에 따라 달라진다.

    다시 말하면 어떤 한 물체의 질량이 100kg이면 이건 지구에서건, 달에서건, 화성에서건 그 질량은 100kg으로 변함이 없다.

    그러나 이것을 우리가 아는 무게의 단위로 하자면 지구에서의 중력에 의한 무게가 100kg이면 달에서는 그 중력과 공기압이 전혀 다르다. 참고로 달의 표면 중력 가속도는 지구 표면 중력 가속도의 16.7%

정도가 된다. 그렇다면 지구에서 100kg인 사람이 달에 가서 저울 위에 선다면 그 저울에 나타나는 무게 수치는 16.7kg이 된다는 것이다. 또 중력이 어마어마한 블랙홀 근처의 행성에서 측정하면 중력에 의한 무게는 불과 1g이 될 수도 있는 것이다. 그래서 사실 정확한 표현은 '지구에서 저울에 무게를 잰다면 100kg/중(중력)'이라고 하는 게 맞다.

스칼라, 벡터의 의미가 바로 여기에 있다.

스칼라는 질량을 뜻하고, 벡터는 무게를 의미한다.

스칼라는 본연의 질량은 있지만 힘이나 방향은 없는 것이고, 벡터는 질량과 더불어서 어딘가로 향하는 힘(에너지)이나 그 힘의 방향이 있는 것이다.

사랑도 그런 것이다.

스칼라를 자기애라고 한다면

벡터는 어떤 대상을 향한 애정이라고 할 수 있다.

그런 의미에서 벡터는 사랑이고, 서로를 향하는 것이 사랑이다.

자기만을 향하는 건 사랑이 아니다.

당신이 있어서

당신이 있어서
오늘 밤도 가로등이 켜졌습니다.
그래서 어김없이 당신이 생각났습니다.

목적지가 중요한 게 아니에요.
누구랑 같이 가느냐가 중요한 거죠.

무엇을 먹는다는 게 그리 중요한 게 아니에요.
누구랑 같이 먹는지가 중요한 거죠.

여행이 어땠느냐는 중요하지 않아요.
어딜 가든 당신이 있다면
항상 최고의 여행이 될 거예요.

난 항상 그럴 거예요.
당신이 있어서
가로등이 켜지는 것도

저녁을 보내는 근사한 방법

어딘가를 가는 것도
무엇을 먹는 것도
붉게 물든 노을을 보는 것도

당신만 있다면 다 좋은 거예요.

살아볼수록 아는 것들

우리 모두는 항상 선택을 하고 삽니다.

하지만 그 선택의 결과는 선택하지 못합니다.

선택하는 순간 결과도 선택되었다고 생각하지만

결국 우리는 그 선택한 결과에 우리 삶의 일부를 잃기도 합니다.

때론 아주 심하게 우리 삶의 일부를 잃는 경우도 있습니다.

그런데 과연, 과연 그것을 몰랐을까?

선택은 순간이고 결과는 수많은 우연의 집합 산물이니깐.

돌다리를 두드려가면서 하라고 해서

그렇게도 해보았지만 별다른 건 없더랍니다.

세상에 안정적인 게 어디 있겠습니까,

그걸 안다면 그 누구도 실패하지는 않겠죠.

실패하는 모든 사람을 못났다고 비하하고 비난한다면,

우리는 처음부터 아무것도 하지 않는 게 더 나을 겁니다.

그러면 아무것도 하지 않는다고 비난하겠죠.

그런데 모두가 그렇게 살았다면 우리는 지금 라디오라는 기계조차

도 없었을 겁니다.

저녁을 보내는 근사한 방법

누군가는 해야 한다면 그 누군가 중에 나도 꼭 서 있을 겁니다.

"우린 어둠 속에서 넘어지면서 살아갑니다. 그러다 갑자기 불이 켜지면 탓할 것들이 많아지죠."

– 영화 〈스포트라이트〉 중에서

Yesterday 1

누군가가 괜찮냐고 물어왔다.
난 잘 모르겠다고 했다.
정말 내가 어떤 상태인지, 나도 잘 모르겠을 때가 종종 있다.
정말 잘 모르겠다.

저녁을 보내는 근사한 방법

삶의 속도

눈 깜빡하면 금요일.

급여지급일은 왠지 2주에 한 번씩 오는 거 같고,

사무실 월세는 일주일에 한 번씩 오는 거 같고,

부모님 생신은 1년에 2번 같고,

애들 대학등록금은 2달에 한 번 오는 거 같고,

결혼기념일은 항상 돈 없을 때 갑자기 찾아오고,

그 친절한 은행도 왠지 한 달에 2번 빼가는 거 같아서 기분이 언짢을 때, 갑자기 때를 맞춰 쓰지도 않은 것 같은 신용카드 결제액이 빠져나가면 나는 분기탱천하여 눈을 부릅뜨고 명세서를 훑어본다. 훑어봐도 꼬투리를 잡을 건더기가 없을 때, 나도 본래 사람으로 태어난지라 생일이 있을 법도 하다고 느꼈을 때, 이미 지난주에 생일이었던 걸 우연한 순간에 알게 되고 다시 또 내일, 내일모레 이런저런 결제할 것들을 생각하게 되어서 기어이 내고 나면,

어느새 1년이 지나가 버리고.

참 시간 빠르다 하고 느낄 때.

그땐 이미 10년이 지나가 버렸다.

그렇게 하다 보니 벌써 50이다.

이 노릇을 어쩌냐….

Yesterday 2

저는 밝은 사람이 좋아요.
"그렇지. 발랄한 사람이 좋지."
아니요. 밝은 사람요. 밝은 사람.
제가 좀 어둡거든요.
그런데 이런 세상에 밝은 사람이 있을지 모르겠어요.

남자다움

가끔은 메이커랍시고 오래도록 불이 나가지 않는 전구가 싫어질 때도 있다.

뭐든 완벽하다는 것은 어찌 보면 더 신경 쓰이는 부분이다.

별생각 없이 바라보고 있자니, 우리 집 LED 전구가 너무나 수명이 길다는 생각이 들었다.

"저걸 언제 끼운 건데…."

이사 올 때도 빼 온 거니깐…. 우와…. 3년?

TV에서 자랑스럽게 "마르고 닳도록…" 광고를 해대지만, 어느 순간 너무 오래 간다는 게 싫어지기 시작하더니, 결국은 며칠 지나지 않아 수명을 다하고 말았다.

참~ 다행이다 싶었다.

계속 버텼으면 그냥 갈아치울 작정이었는데….

생각지 않았던 사소한 것들, 일상에서 어느 정도는 귀찮게 해도 좋을 성싶은 사소하고 쉬운 문제들, 그리고 고장들…. 나같이 잡다한 걸 좋아하는 사람에게는 분명 '완벽'이라는 단어는 신경 쓰이는 문제이다.

어렸을 때 아버지가 하셨던 "남자가 울면 못난 놈이다." 이 말 한마디에, 난 언젠가 슬픈 영화를 보고는 눈물이 나왔는데 '내가 못난 놈인가?' 며칠을 고민했다.

지금 생각하니 참 웃긴다.

'한 방울은 괜찮을 거야…' 이렇게 위로도 해 보았지만, 언젠가 슬퍼서 펑펑 울었을 때는 진짜 남자답지 못하다고 생각했다.

그런데… 나이 50인데도 남자다움이 무엇인지 모르겠다.

저녁을 보내는 근사한 방법

먼 하늘을 보면서

어둑하니 젖은 밤하늘을 보면서, 내 눈에 들어오는 도시의 밤 불빛은 슬프고도 화려하다.

현실이 아닌 것 같기도 하고, 창백하고 얄팍한 도시 불빛 가운데 문득 별을 보고 싶다는 충동에 언젠가… 있었던 나의 별을 불러 본다.

허나 어디에도 보이지 않는 나의 별.

토하듯, 절규하듯, 비명처럼, 오랜 먼 기억을 다시 떠올리며 〈별 헤는 밤〉을 읊조리던 어린 나를 불러 본다.

그때는 무에 그리 아파하고 무엇에 그리 슬퍼하고 뭐가 그리도 아름다웠을까.

에이…. 지금에야… 그깟 것들 지금에야….

무디거나 멍청하거나 1

시계를 보니 8시가 넘어가고 있었다.

난 깜짝 놀라 침대에서 번쩍 일어나 급하게 욕실로 가서는 양치를 하며 샤워기의 물을 틀었다.

미친 거야…. 미친 거…. 9시에 여의도에서 미팅이 있는데 이 시간 까지 자고 있었다니…. 왜 오늘따라 알람은 왜 안 울린 거야…. 샤워 하자마자 여의도 회의 관계자에게 좀 늦는다고 바로 연락해야겠다.

난 샤워기의 물을 맞으며 양치 겸 세안을 동시에 하는 게 빠르겠다 싶은 마음에 칫솔을 입에 물고는 몇 번 닦다가 얼굴도 비누를 묻혀 서 닦다가 젖은 머리에 샴푸도 묻혀서 머리를 감으며 분주하게 움직 였다. 칫솔을 입에 문 채, 거품 사이로 눈에 들어오는 샴푸 통이 보였 다. 좀 전에 내가 펌프질을 급하게 하여 머리에 묻힌 샴푸인데…. 처 음 보는 샴푸인데…. 눈에 흐르는 거품을 닦아내며 샴푸 통을 보니 중간 즈음에 좀 큰 글씨로 'Shampoo'라고 쓰여 있고 그 밑에 작게 '장모용 샴푸'라고 쓰여 있었다. 야…. 요즘은 장모님용 샴푸도 따로

　　　　　　　　　　저녁을 보내는 근사한 방법

나오는구나…. 마케팅 차원에서 좀 더 세분화된 타겟 마케팅인가? 장모님용 샴푸가 다른 샴푸하고 다른 게 뭐지? 성분이 다른가? 그렇다면 시어머니용 샴푸도 있어야 하는 거 아닌가. 그럼 시아버지용 샴푸는…. 시어머니이자 장모도 되시는 분들은 저거 하나만 써도 되겠네…. 그럼 아들만 있는 엄마들은 뭐야…. 난 그 생각이 웃긴다고 생각하며 서둘러 욕실에서 나왔다. 거실에는 집사람과 아들 녀석, 딸녀석 셋이서 소파에 거의 눕다시피 세상 편한 자세로 TV를 보고 있었다.

나는 급해 죽겠는데 뭐 하는 거야….

나는 머리에 수건을 뒤집어쓴 채로 말했다.

"나 밥 먹을 시간 없어. 너네는 학교 안 가냐? 그리고 왜 장모님 샴푸가 우리 집에 있어? 장모님 다녀가셨어?"

내 말에 집사람과 아들딸, 셋은 동시에 무슨 말이냐는 표정으로 나를 바라보고는 아들 녀석이 먼저 말했다.

"아빠. 오늘 일요일이에요."

집사람이 연이어 말했다.

"울 엄마 샴푸가 욕실에 있다고?"

난 아들 녀석의 말을 듣고는 갑자기 기운이 빠져 소파 구석에 쓰러지듯 앉으며 말했다.

"아…. 일요일…. 어…. 샤워기 선반에 장모용 샴푸 있던데? 그거 장모님 거 아니야?" 난 궁금하다는 듯 말했다.

내 말을 듣고는 세 사람은 서로 무슨 생각을 잠시 하더니 갑자기 셋 모두 배꼽을 잡고 온 거실을 뒹굴며 웃기 시작하였고(심지어 딸 녀석

은 웃다가 소파에서 떨어졌다), 털이 긴 우리 강아지 봄이는 뭐가 신나는
지 그 사이로 폴짝폴짝 정신 사납게 거실을 뛰어다녔다.

저녁을 보내는 근사한 방법

아내가 오늘 날 조용히 부르더니 당분간 우유를 먹으면 안 된다고 하였다. 그 이유를 물으니, 젖소에게 무슨 예방 주사를 잘못 놔서 젖소가 유산한 건지, 사람이 유산한 건지…. 암튼 유산을 하기는 했단다. 그리고 젖소에게 잘못된 사료를 주어서 젖소들이 요즘 이상하단다. 그래서 아무튼 우유가 사람 몸에 좋지 않고, 더군다나 임산부의 몸에는 더욱 안 좋을 거라며…. 내일부터 배달되는 우유를 한동안 나 보고 다 마시란다. 가뜩이나 우유를 싫어하는 사람에게 좋은 소식이 들릴 때까지 다 마시라니…. 막연하게 우유가 괜찮다고 뉴스에 나올 때까지인지, 아니면 아내가 우유를 먹고 싶어서 환장할 때까지인지 궁금해졌다…. 언제까지일지. 근데 임산부 몸에 안 좋은 우유가 내 몸에는 좋을지…. 한참을 생각했다. 사람에게 안 좋은 거면 나한테도 안 좋은 거 아닌가? 우유를 한 잔 마시긴 마셨다. 안 좋으면 뭔가가 달라지겠지! 갑자기 둘째 아이 임신 때 태몽이 생각난다. 꿈에 우유를 마시려는데 우유 통 속에 하얀, 아주 하얀 작은 쥐가 있었던 꿈이었는데…. 내가 우유의 효과를 실험하는 실험용 쥐가 된 건가? 10년 후인 지금, 난 멀쩡하다. 임산부에게만 안 좋은 우유였나 보다.

참 다행이지. 사람에게 안 좋은 우유였으면 이 글도 못 남길 뻔했으니…. 태몽에서 보았던 작은 하얀 쥐는 지금은 통통한 여자아이가 되어 웃기는 아내 옆에서 잠들어있다. - 2009년.

2020년.
그 여자아이는 23살의 발랄한 대학생이 되어 있다.

저녁을 보내는 근사한 방법

김 사장의 이중생활

　내가 이 제목으로 글을 쓸 거라 하니, 김 사장은 바로 다음 날 강남의 단골 룸살롱으로 나를 불렀다. 3년 전에 빌려 간 340만 원이 현금으로 들어 있는 봉투를 탁자 위로 쓱 내밀며 이렇게 말했다.

　"이자도 좀 넣었어. 내가 오늘 찐하게 한잔 살게."

　그리곤 이렇게 덧붙였다.

　"누구에게나 시궁창 같은 구석은 다 있잖아…. 왜 이래."

　그리고 기억이 잘 나지는 않는데, 그 비싼 헤네시 엑스트라 올드를 세 병 정도 마셨을 즈음에 뭔가 부산스러운 일이 있었는데…. 잘 기억이 나지 않는다.

　옆에 앉은 파트너 아가씨가 연거푸 건배하자고 하는 통에 필름이 끊겼다.

　집에 어떻게 왔는지는 모르겠지만, 아침에 알람 소리에 가까스로 깨어나 보니 구두까지 신은 채로 침대 한쪽 구석에 널브러져 있었다. 깨질 듯한 두통에 머리를 감싸 안고 있는데 김 사장에게서 카톡이 왔다.

　"각서 썼다…. 이걸로 없는 일로 하는 거다."라며 사진도 같이 보내주었다.

각서

    나 정성진은 김명오 씨의 이중생활에 대해서 절대 글을 쓰지
않음은 물론이고 출판, 온라인 배포, SNS 등 모든 매체에 올리지
않을 것을 확약하며 만약 이를 어길 시에는 모든 민형사상 책임
을 질 것을 확약합니다.

확약자: 정성진

이렇게 타이핑까지 한 종이에 인주까지 준비했는지 내 지문도 찍혀
있었다.
    난 우리 변호사에게 각서 사진을 카톡으로 보내고 답변을 받았다.

"사장님. 그 정도면 심신미약 상태에서 강제성으로 날인한 거여서
그 각서의 효력은 없습니다. 글을 쓰셔도 될 것 같습니다."

    난 이중생활 김 사장이라는 제목의 글을 쓰려고 펜을 들었는데 문
득 김 사장의 말이 생각났다.
    "누구에게나 시궁창 같은 구석은 다 있잖아."

    난 곰곰이 생각해 보고는 펜을 집어 던졌다. 하하하.

        저녁을 보내는 근사한 방법

Yesterday 3

한여름 밤의 꿈속에서는 다가올 겨울이 나오지 않고,
봄엔
지난겨울이 도저히 믿어지지 않는다.

저녁을 보내는 근사한 방법

아무도 없었다

잠깐이나마 안타를 치고 달려가는 순간에는 코치도, 감독도 없었다.

더 달려야 하는지, 그만 멈추어야 하는지, 내가 지금 잘 달리고 있는지….

알려 주거나 뭔가 신호를 보내 주는 코치도 없었다.

그래서 나는 그냥 우선 일단 달렸다.

너무 달리기만 했나? 덕분에 나는 알 수도 없고 납득도 안 되는 아웃을 많이 맛보았다.

내가 이기고 있는지, 지고 있는지도 알 수 없었다.

계속 힘들어지니 왠지 지고 있는 것만 같았다.

게임을 그만하고 싶었다.

아주 간절히 이 게임을 그만두고 싶었다.

그렇게 포기하면 왠지 쉽고 편해질 것 같았다.

게임은 해도 해도 끝이 나지 않았다.

아무리 열심히 하고, 아주 오랜 시간을 해도 게임은 끝날 줄 몰랐다.

이제나 끝나는가 싶으면 게임은 끝없이 계속되었다.

마치 영원히 끝나지 않을 연장전처럼 말이다.

무슨 이런 게임이 있나 싶었다.

근 13년 가까이 숨이 차오르도록 달렸는데 아직도 저 3루 베이스도 밟지 못하고 있다.

저기만 밟고 돌면 이제 곧 홈인데….

금세 갈 수 있을 것 같았다.

얼마나 온 것일까?

얼마나 달린 걸까?

얼마나 더 달려야 하는 걸까?

게임이 끝이 나지 않는다.

내가 단언하건대, 끝나지 않을 것 같다.

지쳐 가는 나에게 남아 있는 것이라고는 그저 여전히 달리는 것밖에 없다.

더 지치지만 말자.
이 이야기는 아직 끝나지 않았다.

2015년 12월 24일.

Merry Christmas.

고래 날다

고래는 물속에서 새들이 날아다니는 것을 자주 보며 부러운 생각이 들었다. 새들은 약속도 없이 무리 지어 날아들어 물 위에 잠시 머물다가 다시 무리를 지어 기약 없이 날아가 버리곤 했다. 그러다 문득 오래전에 할아버지 고래가 들려주셨던 이야기가 떠올랐다.

'곤'이라는 물고기와 '붕'이라는 새의 이야기였다.

호랑이가 담배를 피우기도 전인 아주 먼 옛날에, 북쪽 바닷속 아주 깊은 곳에 '곤'이라고 하는 물고기가 살았다. 이 '곤'이라는 물고기는 아주 오랫동안 깊고 어두운 심해의 바닷속에서 살았지만, 이를 본 몇 마리 붕어들이 속삭였다. "뭐하러 저렇게 어두운 곳에서 살까? 먹이도 별로 없고 햇볕도 들지 않는 곳에서 말이야. 참 불쌍하지…" 하지만 '곤'은 한번 움직이면 그 파도의 여파가 3천 리에 이르러 함부로 움직이지 못했다고 한다.

아주 오랜 세월이 지나 '곤'이라는 물고기는 '붕'이라는 새로 변하게 되었다. '붕'이라는 새는 한 번에 9만 리 상공까지 날아오르고 날개를 펼치면 그 크기가 몇천 리가 되었다고 한다. '붕'이라는 새는 또 남쪽 바다를 향해 6개월이라는 시간을 쉼 없이, 끊임없이 날아간다고 한다.

어느 날, '붕'을 본 벌새 두 마리가 속삭였다. "뭐하러 저렇게 힘들게 높이 멀리 날아서 쉬지 않고 날아갈까? 그래봤자 다 같은 하늘 아래 풍경 아니겠어?" 붕어들은 '곤'이 살았던 그 깊은 바닷속의 어둠의 깊이를 상상도 못 할 것이다. 바다라고 해서 다 같은 바다가 아닐 것이다. 벌새들도 하늘을 본다고 해봤자 '붕'이 보았던 자기 날개 밑으로 스치는 그 광활한 대지의 풍경을 보지는 못할 것이었다.

그 이야기가 생각난 어느 날 밤, 고래는 문득 날고 싶어졌다. 고래는 순간 바닷물 속이 아니라 저 밤하늘 창공을 날아 영롱한 달빛을 받으며 저 아래를 내려다보고 싶었다. 그래서 고래는 달빛이 아름다운 어느 날 밤 날기로 마음을 먹고 저 바닷물 속 심해의 맨 밑에서부터 힘차게 뛰어올라 수면 위를 박차고 달빛을 향해 날아갔다. 고래 날다.

#고래 날다

　　　　　　　　　　　저녁을 보내는 근사한 방법

Yesterday 4

　누군가의 기대 가득한 희망찬 목소리를 들으며 난 나에게도 봄이
오리라고 생각했다.

　그러다 어느 날 겨울새가 내 귓가에 다가와 속삭였다.

　"이봐. 봄은 아직 멀었어~! 어쩌면 안 올 수도 있다네."

　난 다시 슬퍼졌다.

　인생은 뜻밖의 일투성이들.

2002년 어느 날 밤에 생긴 일

항상 웃을 수 있는 일들이 생긴다면 얼마나 좋을까?

그나마 내가 웃을 수 있는 것은 순전히 아이들 덕분이다.

며칠 전부터 생각해 오던 집사람의 생일을 잊어버리고 있다가 고작 그 전날 저녁에서야 생각이 났다.

준비한 것도 아무것도 없고… 으…. 또, 또?

집사람의 실망스러운, 그리고 삐진 얼굴이 머릿속에 큼지막하게 떠올라 집에다 전화를 걸었다.

밤 9시가 넘어가는데… 내일이 생일인 당사자한테 생일 케이크를 사 오라고는 차마 말을 못 하겠더라.

아들 녀석과 통화를 시작했다.

"아들아…. 내일 엄마 생일인 거 아냐?"

"응."

"너…. 선물 샀어?"

"아니. 내일 살 거야!"

저녁을 보내는 근사한 방법

"내일? 인마, 내일이 생일인데 내일 사면 안 되지."

"돈 없으니깐…. 아침에 엄마한테 돈 달래서 살 거야."

"음…."

애들이란….

"그건 됐고, 그럼 엄마한테 돈 달래서 엄마 케이크 사 와라."

"지금 깜깜한데…. 에이…."

깜깜해서 무섭다는 아들 녀석을 몇 분을 설득해서는 간신히 허락(?)을 받아놓고는 집사람의 원성을 몇 마디 들었다.

"생일인 사람한테 돈 달래서 케이크 사는 게 어딨어?"

새벽 2시경에 퇴근해서 집에 왔더니, 집사람이 아까 밤에 있었던 울 아들 녀석과 딸내미 얘기를 해 주었다.

엄마한테 2만 원이라는 거금을 얻어 손에 꼬옥 쥐고 케이크를 사러 가는 길.

"아들. 생크림으로 3호짜리다. 초는 서른 개. 잊으면 안 돼."

거기서 우리 딸내미도 합세하여 깜깜한 밤길에 제 오빠의 길동무가 되어 주겠다며 옷을 입고는 앙증맞은 목소리로 말했다고 한다.

"엄마. 초콜릿케이크 살 거야."

"안 돼. 생크림 사야 돼."

아들 녀석은 한쪽 손엔 거금(?)을 꽉 쥐고는 또 한쪽 손엔 지 여동생의 손을 꼬옥 잡고 4층 계단을 내려가기 시작하면서 뭔가를 큰소리로 중얼거리더란다. 잊어버리지 않으려고 그러는 건지. 그리고 울 딸내미는 제 고집을 안 꺾으려는 건지 둘이서 차례로 읊조리더란다.

9살 먹은 녀석과 4살 먹은 제 여동생을 데리고 내려가면서 서로 중얼거리더란다.

아들은 "생크림…. 3호…. 삼십 개."라고 중얼거렸고, 딸은 계속 "초콜릿."이라고 중얼거렸다고 한다.

"생크림…. 3호…. 삼십 개."

"초콜릿."

"생크림…. 3호…. 삼십 개."

"초콜릿."

우리 집사람이 혹시나 해서 현관문을 열어놓고 들었는데, 몇 번이나 계속했는지는 몰라도 1층에 내려가서도 나지막하게 "생크림…. 3호…. 삼십 개.", "초콜릿." 이 소리를 들었다고 한다.

난 우리 아이들의 천진난만함 때문에 얼마나 웃었는지 모른다.

더욱 웃긴 것은 "생크림…. 3호…. 삼십 개."를 외쳐대던 아들 녀석이 막상 사 온 케이크는 누르스름한 버터크림 케이크 3호에 초는 29개에다가 지 여동생이 얼마나 우겼는지, 초콜릿 가루가 아주 조금 뿌려져 있는 케이크를 사 왔다고 한다. 그것이 지금 생각해도 웃겨서 제과점을 지나다가 버터크림 케이크를 보면 나 혼자서 히죽거리기도 한다.

내 묘비명

"슬퍼할 필요 없다.
삶이란 돌고 도는 것,
언젠가 어느 별에서 만날 수도 있다.
그때 알아본다면 뜨겁게 안아보자."

사랑 꽃

세상에서 가장 아름다운 꽃은 바로 지금, 내 앞에 있는 '그대'라는 꽃~.

세상에서 내가 제일 좋아하는 꽃은 내 가슴에 활짝 핀 '그대'라는 꽃~.

이 세상에서 가장 고귀한 꽃은 그대와 나의 '사랑'이라는 꽃~.

그 사랑 꽃이 오래오래 피어 있기 위해선… 그리움이라는 자양분 한 줌, 배려라는 물 한줄기, 신뢰라는 따스한 햇볕, 서로 그윽하게 바라보는 부드러운 바람 같은 눈길, 그리고 오늘 못 봐도 내일이면 보리라 하는 희망의 기대 한 자락.

이 정도면 긴긴밤 그대 만날 생각에 잠 못 이루어도 덜 피곤할 테고 그대는 아주 푸근한 밤이 되지 않겠소?

그렇지요?

사랑 꽃을 위하여 말이요.

저녁을 보내는 근사한 방법

우리 일상의 기이한 일들

분명히 세탁 바구니에 같이 벗어서 들어갔을 테고, 같이 바구니에 들어가지 않을 이유가 전혀 없는데도 세탁을 하고 건조대에 말릴 때 한 짝만 남아있는 양말들이 있다.

세탁기 안에서 내가 안 꺼냈나? 분명 세탁조를 돌려가면서 확인했는데….

다시 한번 확인해 보지만, 세탁기 안에는 없다.

다른 큰 세탁물 사이에 끼어있겠지 하며 다 널었을 때도 결국 한 짝만 남은 양말의 다른 한 짝은 없다.

이건 뭔가?

물건들이 내가 잠들어있을 때나 부재중일 때는 살아 움직이는 건가?

아니면 세탁기가 먹었던지…. 양말들끼리 사이가 안 좋아져서 이별했거나 한쪽 양말이 급한 일이 생겨서 가출했거나.

결국, 한 짝만 남은 양말은 거의 애물단지가 되어 간다.

다 말랐는데도 얘를 어떻게 정리해야 할지….

양말 함에 넣기도 애매하고 버리자니 그것도 애매하고….

신기한 건 남아있는 한 짝 양말을 잘 보관해두면

1~2주 안에 어김없이 없어졌던 양말이 되돌아온다는 것.

그게 어디서 갑자기 나오는지는 아무도 모를 일이다.

그냥 어느 날 내 눈 근처에 와있다.

자기가 와 있으니 좀 봐달라며 말이다.

〈토이 스토리〉는 사실이었던가?

라이터는 어떤가?

얘네들은 단체 행동에 최적화되어 있는 아이들이 틀림없다.

3개 정도의 라이터가 있으면 어느 날은 3개가 다 모여 있는데 또 필요한 어느 날 보면 3개가 다 없어져서 급히 편의점에 가서 부득이하게 1개를 사곤 한다.

그 1개를 사 와서 사용하다 보면 단체로 없어졌던 어느 날 같은 자리에 그 3개가 다 모여 있는 것이다.

이 라이터라는 녀석들은 술자리에서는 그 단체 행동에 최적화된 능력을 거의 극에 달하듯 발휘한다.

과음한 다음 날 아침, 분명 여분으로 주머니에 두었던 2개의 라이터가 한 개도 없는 것이다.

어제 음주 중간에 지인에게 담뱃불을 붙여 주고 주머니에 넣었는데 또 단체로 사라진 것이다. 그러다가 며칠 후 다른 지인들과의 음주 다음 날 아침이면 없어졌던 2개의 라이터뿐만 아니라 새로운 1개의 라이터가 합쳐져 3개의 라이터가 내 주머니 안에 있다. 그럼 원래 보유하던 라이터를 합하여 총합이 거의 5개에서 6개가 되어야 하는데, 라이터는 항상 2개에서 3개를 넘지 않는다. 그럼 나머지 2~3개의 라이터는 어디로 가버린 것일까? 왜 라이터들은 이런 집단행동들을 하

저녁을 보내는 근사한 방법

는 것일까? 세상에 라이터들의 심리를 분석한 논문 같은 게 있을까?

분명히 나머지 2~3개의 라이터는 어디선가 숨죽이며 나의 라이터 개수를 지켜보다가 결국 이사 가는 날 어느 구석에서 나타난다. 참으로 기이한 일들이다.

〈토이 스토리〉는 사실이었던 것이었다.

그리고 기이한 일들은 또 있다.

사랑 그리고 이별이다.

사랑할 때는 그이를 사랑하는 이유가 오직 단 한 가지였다.

오직 그이니깐, 그이여야 하니깐.

그게 사랑이고, 오직 그이여서 사랑이었다.

그러나 이별 후에 어느 날 문득 그이를 생각하니 내가 왜 그이와 이별했는지 그 이유가 생각이 나질 않는다.

참 기이한 일들이다.

#기이한 일들

#한쪽 양말은 어디에

#라이터들

#사랑의 이유

사랑이란

전 우주를 한 점으로 모아서
그 한 점을 그 사람에게 투사하여
그 사람이 전 우주가 모인 점이라고 생각하는 것.
결국 그 사람은 신이 된다.
그 신의 이름은 '그이'이다.

저녁을 보내는 근사한 방법

청라에 살어리랏다

얼마 전에 이사 온 청라 신도시는 도로며 건물들이 아주 넓고, 높고, 크고, 신도시다운 면모를 갖추어 나가고 있는 것 같았다.

일요일 오후, 문득 침실에서 홀아비 냄새가 나는듯하여 디퓨저하고 실내용 슬리퍼를 사야겠다는 생각이 들어서 에코백을 들고 다이소로 향했다.

다른 건 절대 사면 안 돼…. 오직 두 가지.

디퓨저, 슬리퍼….

디퓨저, 슬리퍼….

어라…? 무슨 시냇물 같은 수변 길이 있었네?

나는 건물의 지하 1층에서 분리수거를 마치고 밖으로 난 중간 통로로 보이는 곳으로 나왔는데, 지하가 아니라 수변 길로 바로 나오는 반지하였다. 그러니까, 수변 길에서 보면 건물의 1층에 있는 것 같고 건물 측에서 보면 그 수로 길에 맞닿아 있는 부분은 지하 1층인 구조의 건물이었다. 뭐 신도시 계획의 큰 그림 안에서 그려진 그림들이겠지만, 나름 괜찮은 구조인 듯하여 난 호기심이 발동하여 그 수변 길을 걸어 보기로 했다. 또 그 수변 길에 연결되어 길게 늘어선 상가들의 업종도 슬슬 알아볼 때도 되었다. 조용하고 아직도 많이 비어있는 그 수변 길을 걷다 보니 오래된 수도원의 회랑을 걷는 느낌이 들었다.

혼자 술 마실 만한 술집들도 알아놓으면 더욱더 좋고.

다이소야, 뭐, 이따가 오는 길에 들르면 되지.

단, 두 가지만 사야 한다.

디퓨저, 슬리퍼…. 디퓨저, 슬리퍼….

생각보다 수변 길은 길게 이어져 있었다.

한강의 폭을 약 100분의 1로 줄인 듯한 크기 정도였다. 중간마다 반대편 건물들로 건너갈 수 있는 다리들도 있고 한강 강변 양옆에 있는 둔치 대신 작은 산책로와 건물들의 지하 1층 상가들이 즐비하게 늘어서 있는 형국이었다. 나는 길게 이어진 수변 길을 걸으며 이런저런 식당들이나 업종들이 다른 가게들을 보는 게 재미있어졌다.

한 블록, 한 블록 지날 때마다 다양한 메뉴들의 식당들도 눈에 보이고 곱창집, 삼겹살, 오~! 라면집. 파스타집… 식당들을 보면서 이런 생각이 들었다.

"그런데…. 혼자서 저 집들을 다 갈 수 있을까?"

희한하게도 그 수변 길은 자연스럽게 호수공원 같은 곳으로 연결되어 있었다. 이전에 살던 일산의 호수공원은 오래된 곳이라 완전히 숲의 모습을 이루고 그 숲 한가운데에 호수가 있는 구조였다면 이곳 청라의 호수공원은 이 도시 전체와 한 몸을 이루는 구조를 갖추고 있었다.

한참을 더 걷다가 내가 더 가야 하나, 말아야 하나를 고민할 시점에는 이미 난 호수공원의 산책로 한가운데에 와있었다.

아직은 조경이며 주변 시설들이 한창 모양새를 갖추기 위해 공사 중인 곳이 많아서인지 호수공원다운 면모는 보기 힘들었지만, 그래도 이렇게 도심 한가운데에서 호수를 보며 억새의 정취를 감상하며 산책로를 걸을 수 있다는 건 행운이라 생각했다.

너무 많이 왔나? 날이 차가워서 가지고 나온 에코백을 팔 사이에 끼고 코트의 양주머니에 손을 넣고 뒤를 돌아보았다. 이거, 돌아가기에도 꽤 시간이 걸리겠는데…. 짧게 중간에 돌아서 가는 길이 있을까 생각하며 호수 중간을 가로지르는 듯한 다리를 건너갔다.

길은 구불구불하기도 했지만, 호수는 생각보다 꽤 큰 듯했다.

걸어도, 걸어도 내가 호수공원에 진입한 초입은 쉽게 나타나지 않았다. 다리에 약간의 피로감이 몰려왔다.

그냥 다이소로 바로 갔어야 했는데…. 에효….

진짜 한참을 걸었다.

내가 3시경에 나왔는데 이미 시간은 4시를 향하고 있었다.

되돌아가는 데도 시간이 꽤 걸릴 텐데…. 그나마 위안이 되는 건 산책로에 약 50m 정도의 간격마다 서 있는 가로등에 설치된 스피커에서 나오는 캐럴이었다.

귀에 익숙한 캐럴들이 흘러나올 때마다 난 같이 흥얼거리며 집으로 되돌아가는 길을 조용히 걸었다.

거의 1시간 30분 정도를 걸었나?

되돌아가는 길에는 내가 걸어온 수변 길의 반대편으로 걸어보기로 했다. 다른 모습의 식당들도 있을 것이고 작은 다리만 건너면 바로 반 대편으로 건너갈 수 있으니 뭐 문제 될 건 없다고 생각하며 걷고 있는 데 갑자기 눈에 들어오는 상호가 있었다. '노브랜드'였다.

오~! 노브랜드!

그때 누군가가 나의 표정을 봤다면 〈반지의 제왕〉에서 마치 골룸 이 물속에 잠긴 절대 반지를 발견했을 때 그 환희에 가까운 표정이라 고 이야기했을 것이다.

난 얼마 전에 지인이 극찬한 노브랜드의 가성비 상품들을 떠올리 며 마치 처음부터 작정하고 찾아온 사람처럼 당당하게 매장에 들어 갔다. 우와~! 가격이 장난이 아닌데? 이렇게 싸?

쫄깃할 것 같은 편육, 이 가격 실화냐? 1L짜리 독일 밀맥주가 2,700 원? 담자, 담아….

잔치국수, 미역국밥, 냉동 블루베리(우유랑 갈아먹어야지).

그럼 우유도 사야지. 편육에 한잔하려면 소주도 한 병 사야지.

다행히 나에겐 에코백이 있었다.

역시 나야, 나. 저렴한 즉석밥, 간편 유니짜장, 카레….

에코백이 터지도록 바리바리 주워 담고 결제를 신속하게 마치고는 난 유쾌한 기분으로 수변 길의 작은 다리를 건너서 집으로 돌아왔다.

영화 한 편 보며 편육에 한잔할 생각을 하니 절로 노래가 나왔다.

흥얼거리며(무슨 노래를 흥얼거렸는지는 기억이 안 난다. 그냥 기분이 좋았 었나 보다) 집으로 돌아와서 물건들을 냉동실, 냉장실, 수납장별로 정 리하고는 PC를 켜고 영화를 준비하고 편육을 조각조각 먹기 좋게 잘 라 파스타 접시에 보기 좋게 플레이팅을 했다.

저녁을 보내는 근사한 방법

뭐든 보기 좋은 게 맛도 있는 법이다.

지인이 극찬한 대로 편육은 진짜 맛있었다.

술에 얼큰하게 취하고, 영화는 최초 스토리의 전개도 기억이 잘 안 나기도 하여 잔이며 접시를 정리하고, 양치를 한 후 침실로 갔다.

침실에서 땀 냄새인지 홀아비 냄새 같은 게 나는데, 디퓨저와 슬리퍼가 생각이 났다.

에효….

사랑…. 그 달달함

참 달달하지….
그 달달함이 참 좋고
그 달달함에 완전히 중독되고
그래서 어느 날 그 달달했던 사랑이 끝나면
또 그 달달함이 그리워
다른 달달함을 찾아 나서지.

그래, 사랑.
참…. 달달하지….

무디거나 멍청하거나 2

며칠 전에 이 실장에게서 갑자기 전화가 왔다.

"어디에요? 본부장님… 어디에요?"

전화를 받자마자 재차 어디냐는 질문에 난 조금 당황스러워하며 "왜요? 어딘지 알아서 뭐 할 건데?"라고 답했다.

이 이 실장이라는 여자는 몇 년째 비정기적인 회의 때마다 디자인 파트 담당으로 알고 지내던 사이였다. 무슨 섬유 소재 디자인 파트라고 해서 프로젝트를 시행하시는 회장님이 추천한 여자였는데, 난 뭐 우리 비즈니스에 굳이 섬유 디자이너까지 참석시켜서 프로젝트를 해야 할 필요가 있냐는 입장이어서 탐탁지 않게 여기던 사람이었다. 그렇다고 해서 적대관계 같은 건 아니지만, 내가 중요하지 않다고 생각하는 파트 때문에 사업 기간이 좀 더 길어지고 회의 횟수가 잦아지는 게 마음에 안 들었을 뿐이다. 나이는 나랑 비슷한 연배여서 반말, 존댓말을 섞어서 쓰는 사이 정도였고 개인적으로 만난 적은 한 번도 없는 그냥 비즈니스 파트너 정도의 관계였다.

그런 그녀가 회의 일정도 없는데 갑자기 전화해서는 어디냐고 물어본다는 것이 조금 의아했다.

"아. 그러니깐, 어디냐고요?" 그녀는 재차 또 물어봤다.

"지금…. 수원에 가고 있는데…. 왜요?" 난 대답했다.

그녀는 바로 대답했다.

"아, 잘됐네…. 저녁에 시간 돼요? 수원이면 분당 오는 데 금방이잖아요. 내가 술 한 잔 살게, 위스키로. 콜?"

뜬금없는 이 실장의 제안에 당황스럽기도 했지만, 뭐 어차피 저녁 약속도 없었던지라 난 흔쾌히 답했다.

"그래요. 근데 소주나 마시지, 웬 위스키? 회식 때 보니 소주 잘 드시던데." 가끔 프로젝트 파트너들끼리 회의가 길어져 시간이 늦으면 저녁 겸 회식 술자리를 가진 적이 몇 번 있었다.

"아니에요. 오늘은 위스키로 마시자고요. 내가 산다니까요."

이 실장은 단호하게 말했다.

"그래요. 그럼 수원에서 일 마치고 분당 가면 7시 정도 될 듯…. 근데 저녁도 안 먹고 바로 위스키를 마시자는 거예요? 혹 갈 텐데…."

이 실장은 내 말에 준비라도 한 듯 바로 대답했다.

"원래 술은 빈속에 마셔야 제맛…. 주소 찍어 줄게요. 이따 봐요."

난 위스키가 안 맞는데 차라리 테킬라나 마시지….

그런 생각을 하는 사이 이 실장에게서 문자가 왔다.

"분당 정자동 캐슬 오피스텔 3층 올댓재즈바. 7시. 시간 엄수."

'도대체 무슨 일인데 바에서?'라고 생각하며 나도 문자를 보냈다.

"알았어요. 7시 시간 엄수."

7시가 다 될 무렵, 알려준 주소에 도착해서 지하 주차장에 주차하고 3층의 재즈바로 올라가니 6시 50분이었다. 문을 열고 들어가니 이제 영업을 시작하려는 시간인 건지, 준비하는 분주한 직원이 눈에 보였다. 바 안쪽에서는 바텐더인 듯한 여자가 글라스를 닦으며 나를 보고 말했다.

"어서 오세요. 혼자세요?"

"아니요. 한 명 더 올 건데…. 바에 앉아도 되죠?"

난 바를 지나 그리 크지 않은 홀 쪽을 보았다. 홀보다는 바를 선호하는 편이라 ㄷ자 형태 바의 꺾인 모서리 자리에 있는 바 의자에 앉았다.

"홀에 앉으셔도 돼요. 이따가 9시부터는 재즈 연주가 있거든요. 그래서 재즈 좋아하시는 분들은 무대 근처 자리를 많이 찾으세요."

여자 바텐더는 바 안쪽의 무언가를 열심히 닦으며 말했다.

난 연주 음악을 바로 앞에서 들으면 좀 정신도 산만해지고 상대와의 대화도 잘 안 돼서 무대 근처에 앉는 건 별로라 생각하고는 "그냥 여기에 앉을게요."라고 말하는데 이 실장이 들어왔다.

"어…. 본부장님. 벌써 왔네! 역시 회의 시간처럼 약속을 잘 지키는군."

"예. 차도 안 막히고, 수원이라 가깝잖아요. 금방 오네. 30분 정도밖에 안 걸렸어요." 난 손을 들어 그녀를 반기며 말했다.

"근데 왜 바에 앉아 있어요? 홀 쪽이 연주하면 더 좋은데…. 저기로 옮겨요."

"아니에요. 난 여기가 편해요…. 무대 근처는 좀 시끄러워서…."

이 실장은 내 말을 듣고는 어쩔 수 없다는 표정으로 내가 앉아있는 쪽으로 오더니, 왼편에 앉으며 말했다.

"분위기도 없기는 재즈가 시끄럽다니…."

"여기 싱글몰트위스키 맥켈란 한 병 주세요. 안주는 햄 치즈요."

9시가 가까워져 온 걸까…. 무대에서는 재즈 밴드 연주자인 듯한 사람들이 올라와 마이크며 악기를 매만지며 연주 준비를 하고 있었고 홀 쪽의 좌석들에는 벌써 사람들이 삼삼오오 모여서 빈 테이블이 안 보일 정도였다.

바 자리는 우리를 포함하여 겨우 몇 명만이 앉았는데, 그들은 재즈 연주는 관심 없다는 듯 바 건너의 여자 바텐더들과 대화를 나누고 있었다.

무대 위에서 두세 곡의 연주를 마치면 사람들은 휘파람과 함께 박수를 치기도 하고 재즈 밴드는 그사이 잠시 쉬었다가 다시 연주를 시작하는 순서로 무대를 이어갔다. 난 연주를 들으며 혼자 말없이 잔을 한잔 비웠다.

"건배도 안 하고, 혼자 뭐야…. 본부장님. AB형이죠?"

이 실장은 내 빈 잔에 위스키를 채워 주며 말했다.

"아직도 혈액형을 믿는 사람이 있어요? 도대체 혈액 속의 적혈구와 혈청의 응집 반응을 기준으로 한 ABO식 분류 기준으로 매겨진 혈액형을 왜 성격과 연관을 짓는 건지. 차라리 뇌와 관련된 기준이라면 내가 말이라도 않지. 전 세계에서 우리나라 여자들만 믿을걸요? 외국 애들이 들으면 웃어요."

난 그런 걸 믿는다는 게 한심하거나 우습다고 생각하며 말했다.

저녁을 보내는 근사한 방법

"건조한 거 보니 AB형 맞네. 절대 대충 넘어가지 않아. 하하하."

이 실장은 나를 손가락으로 가리키며 웃으며 말했다.

반병쯤 마셨을까. 난 싱글몰트위스키가 스카치위스키보다 더 독하게 느껴진다고 생각해서 바텐더에게 얼음을 좀 부탁하였다. 그러자 이 실장은 뭐 대단한 것이나 알려주는 투로 말했다.

"싱글몰트위스키는요. 그냥 스트레이트로 마시는 게 제맛이에요. 온더록스는 스카치위스키 마실 때나 어울리고요."

난 그 말에는 대답하지 않았다.

내가 얼음을 넣어 마시든, 그냥 마시든 무슨 상관이야. 빈속에 독한 위스키가 몇 잔 연거푸 들어가니 난 약간의 취기를 느꼈다. 나랑 비슷하게 마신 이 실장도 얼굴이 붉어진 게 보였다. 그만 마셔야 하나. 그런 생각이 들어 시계를 보니 벌써 10시가 넘어가고 있었다. 아직 위스키는 반쯤 남아있고 이걸 더 마실 건지, 아니면 그만 마시고 키핑을 할 건지 물어보려던 차에 이 실장은 이렇게 물었다.

"본부장님은 여자 어떤 스타일을 좋아해요?"

"갑자기 생뚱맞게. 생각해 본 적은 없는데, 굳이 꼽으라면 그냥 나를 좀 편안하게 해 주는 사람? 잘 모르겠네요."

난 그 말을 하면서도 내가 좋아하는 스타일이 있기는 한 것인지, 스스로 자문해 보았다. 딱히 떠오르는 스타일은 없었다.

"편안하게 해 주는 사람? 뭐야, 그게. 너무 모호하고 광범위하잖아요."

이 실장은 뭔가 불만스러운 표정으로 온더록스 잔을 들며 말했다.

"글쎄요. 평소에 그런 쪽으로는 생각을 안 해 봐서. 근데 편안한 사람은 누구나 좋아하지 않나?" 난 당연하다는 투로 이 실장을 보며 말했다.

내 말을 들으며 위스키를 한 잔 마신 이 실장은 잔을 내려놓으며 말했다.

"그건 서로 상대적인 거죠. 편안함을 느끼고 싶은 사람이라면 결국 본부장님도 그 사람을 편안하게 해 줘야 서로가 편안하게 해 주는 거지, 회의할 때처럼 그렇게 까칠하게 굴면 불편해서 누가 편안하게 해 주겠어요. 안 그래요?"

"에이… 설마. 내가 연인을 일할 때처럼 상대하겠어요? 그건 좀 오버다."

난 그 정도는 아니라는 뉘앙스로 웃으며 말했다.

"그럼 만나는 사람에게는 어떻게 해 주는데요? 얼마나, 어떻게 잘해 주는데?"

따지듯 묻는 이 실장의 질문에 나는 잠시 생각을 더듬어 보고는 웃으며 이렇게 말했다.

"너무 오래돼서 기억이 안 나네요. 뭐 딱히 잘해 준 기억도 없고…"

"그럴 줄 알았어요."

이 실장은 어쩔 수 없다는 듯 손가락을 세워 흔들며 말했다.

3번째 무대가 시작되었을 즈음에 재즈 밴드 트럼펫 연주자가 〈Mo' Better Blues〉를 멋지게 연주하고 다음 곡으로 감미로운 풍의 재즈 연주를 이어 나갔다.

"와~! 이 곡, 되게 근사하다. 제목이 뭐지…"

이 실장은 바 테이블에 손을 걸쳐 턱을 괸 채로 무대 쪽을 바라보며 말했다.

저녁을 보내는 근사한 방법

"〈Everything Happens to Me〉에요. 쳇 베이커의 노래는 너무 기분을 가라앉게 하고 빌 에반스의 연주는 너무 재즈스럽다고 할 정도로 좋긴 하지만, 가장 감미로운 건 듀크 조던 트리오의 연주 같아요. 저 재즈 밴드도 거의 듀크 조던 트리오의 연주 풍과 비슷하게 연주하네요. 제목도 좀 우울하죠. 모든 일이 나에게만 일어나…."

이런 내 설명에 이 실장은 물끄러미 잠시 나를 바라보더니 "의외네요."라고 말했다.

그리곤 잠시 침묵이 흐르고 이 실장은 조용히 입을 열었다.

"본부장님. 나, 사실은 갔다 왔어요."

난 이 실장의 그 말에 놀라워하며 말했다.

"갔다 오다니? 군대? 실장님, 장교 출신이에요?"

이런 내 말에 이 실장은 말없이 나를 보다가 갑자기 일어나며 이렇게 말했다.

"난 본부장님에게서 매력을 하나도 못 느껴요. 나, 갈래요."

그리고는 카드를 꺼내 여자 바텐더에게 주고는 계산을 마치자마자 홀연히 문을 닫고 사라졌다. 뭐라고 뒤에 몇 마디 한 것 같기는 한데, 난 그 뒷얘기는 듣지 못하고 매력을 못 느낀다는 말에 꽂혀서 황당한 생각에 잠시 멍한 상태로 바에 앉아 있다가 무슨 생각인지 얼음도 없이 위스키를 온더록스 잔에 반쯤 부어서는 입속에 천천히 다 털어 넣었다. 그리곤 다시 똑같이 반쯤 부어서는 다시 한번 더 털어 넣었다. 왜 갑자기 저런 황당한 얘기를 하고 가버린 걸까. 술이 취했나…. 난 그다지 좋지는 않은 기분으로 이런저런 생각을 하며 그렇게 석 잔 정도를 더 마셨다. 그러다 아까부터 계속 글라스를 닦으며 나를 힐끔힐끔 쳐다보던 여자 바텐더와 눈이 마주쳤다. 뭔가 말을 하려는 건지, 아니면 혼자 남은 나의 대화상대라도 되어 주려는 건지는 몰라도 뭔가 할 말이 있는 것 같은 표정으로 나를 보다가 닦던 글라스를 내려놓고 나에게 다가와 이렇게 말했다.

"왜 안 올라가세요?"

"예? 어디를 올라가요?"

난 여자 바텐더의 이상한 질문에 되물었다.

여자 바텐더는 손에 쥐고 있던 천을 내려놓으며 말했다.

"하, 참. 사장님도…. 올라오라는 얘기잖아요. 1710호라고 했잖아요."

"예? 그게 무슨 말이에요?"

"마지막에 여자 손님이 그랬잖아요. 우리 집은 1710호에요. 그건 올라와달라는 얘기에요…. 못 들으셨어요?"

난 황당하기도 하고 듣지도 못한 얘기를 하는 여자 바텐더에게 되물었다.

"언제 그런 말을 했어요? 갑자기 난 뭐 매력이 없다는 말에 당황해서는 뭐라 한 거 같기는 한데…. 그런 말은 못 들었는데요."

여자 바텐더는 한숨 같은 걸 내쉬며 말했다.

"난 본부장님에게서 매력을 하나도 못 느껴요. 나, 갈래요. 우리 집은 1710호에요. 이렇게 말하고 가셨잖아요. 아휴…."

"예…? 아닌데…. 난 그 말은 못 들었는데…."

"하…. 그걸 못 들으세요? 참…. 저도 한 잔 주세요."

난 내 빈 잔에 남은 위스키를 부으려는 순간에 여자 바텐더가 내미

저녁을 보내는 근사한 방법

는 스트레이트 잔에 위스키를 부어 주고는 아까와 마찬가지로 온더록스 잔에 위스키만 반쯤 부었다. 여자 바텐더는 스트레이트 잔에 담긴 위스키를 단숨에 마시고는 잠시 나를 물끄러미 바라보다가 바 뒤편으로 사라져 버렸다. 그날 나머지 위스키를 혼자서 다 마시고는 어떻게 집에 왔는지 기억이 나지 않는다. 며칠 후 회의에서 이 실장은 보이지 않았고 그 후로도 무슨 이유인지 이 실장을 회의에서 볼 수는 없었다.

고전

아름답고 빛나는 말들은 영원을 향해 끊임없이 전진한다.

저녁을 보내는 근사한 방법

창조론자들에게

　내가 인스타그램에 칼 세이건 교수의 『코스모스』를 읽고 나서 우주의 신비에 대한, 그러니까 한 치의 오차도 없이 우주의 모든 것이 각 은하의 중심과 별들의 질량으로 인한 중력과 만유인력으로 공전과 자전을 반복하는 우주의 물리 법칙을 따른다는 것에 감동했다는 글을 올렸더니 생뚱맞은 댓글이 달렸다.

　내 감탄은 과학자들이 수많은 시간 동안 관측과 실험과 계산을 통해 밝혀낸 각각의 정확한 수치들에 대한 감탄이었는데 그 댓글에는 자신이 믿는 위대한 신이 만들어낸 그 완벽한 물리 법칙들에 감동했다는 댓글이 달렸다.

　나는 그 창조론자의 댓글을 보며 "풋." 하고 웃음이 나왔다. 창조론자들은 항상 이런 식이다. 신이 있기에 우주는 이렇듯 완벽하게 돌아간다. 아니면 우주가 스스로 이렇게 완벽하게 작동할 수 있는 건 오직 신만이 할 수 있는 유일한 신의 작품이라고도 한다. 그런데 사실 과학을 조금이라도 이해하는 사람들에게는 그건 정말 무식한 발상이다. 간단히 말하면 우주는 완전하지도, 완벽하지도 않다. 그것을 이해하려면 우선 우리 은하에 속해 있는 태양계 시스템부터 이해해야 한다.

우리가 사는 지구는 우리 은하 안의 태양계 안에 속해 있는 시스템이다.

태양계는 우리 은하 중심에서 2만 7천 광년 정도 떨어진 오리온자리의 위치에 있다. 그 태양계 안에 있고 우리가 학창 시절에 외웠던 수, 금, 지, 화, 목, 토, 천, 혜, 명[명왕성은 2006년 8월, 국제천문연맹(IAU)으로부터 왜소행성으로 분류되어 태양계 시스템 안의 행성 지위를 박탈당했다]이라는 태양으로부터 가까운 순서들의 행성들까지가 태양계 시스템이다. 불과 약 백 년 전까지만 해도 우리는 우리가 사는 지구가 우주이며 태양계 시스템만이 이 우주의 전부라고 믿던 시절이 있었다. 우리는 태양계를 우주의 끝이라 믿었지만, 1977년 9월에 발사한 보이저 1호가 우주 탐험을 하며 시속 약 6만km로 날아간 후 40년이 더 지난 지금에서야 태양계 끝에 도달하며 그 생각을 깨뜨리고 있다. 게다가 이렇게 어마어마한 크기의 태양계의 질량이나 크기는 우리 은하 안에서는 눈에 보이지도 않는 존재이며 우리 은하 안에만 태양 같은 별들이 현재 약 4,000억 개가 관측되고 있다. 좀 더 간단히 설명하자면 우리 태양계의 크기는 우주에서 보자면 지구에 있는 모든 해변의 모래알 중에 한 알도 안 되는 크기라고 보면 된다. 거기에 속한 지구의 크기는 얼마나 초라한 것인가.

우주의 크기를 논하는 것은 우리가 알고 있고 직접 경험한 시간 안에서는 그것을 제대로 인식할 수 없다. 우주는 우리가 지금 이 글을 읽고 있는 이 순간에도 엄청나게 빠른 속도로 가속 팽창해 나가고 있다. 그로 인하여 각 은하끼리도 점점 멀어져 가기도 하고 어떤 은하들은 점점 가까워지기도 한다. 쉼 없이 공전하는 몇 개인지도 상상할 수

저녁을 보내는 근사한 방법

도 없는 은하들과 각 은하 안에 있는 수천억 개의 별들의 숫자를 센다는 것은 이미 우리 같은 일반인들에게는 아무 의미 없는 일들이다. 또한, 우리가 매일 밤 보는 달도 매년 약 3㎝씩 지구에서 멀어져 간다. 과학의 관측 기술과 과학자들의 부단한 노력으로 알게 된 우주의 크기란 우리가 상상할 수 없는 크기로 변하였다. 누구도 우주의 끝을 알 수도 없고 계산할 수도 없다. 일부 과학자들의 허블 상수로 대입한 수식에 따르면 우주의 크기는 400억 광년이라고 하는 대략적인 수치는 나오지만, 빛이 400억 년을 날아가야 도달한다는 그 수치가 우리에게 과연 이해가 되는 의미일까. 게다가 우주는 계속 팽창하고 있기에 그것 또한 정확하게 알 수 없다.

온 우주에 존재하는 태양과 더불어서 우리 지구처럼 대지가 있고 보통 물질의 행성과 항성을 갖춘 모든 물질을 다 합친다고 하더라도 현대 우주론은 온갖 관측 자료와 물리 이론을 총동원해 우주의 보통 물질은 4%뿐이며 나머지는 정체를 알 수 없는 암흑 에너지(74%), 암흑 물질(22%)로 이뤄져 있다는 이론을 정설로 받아들이고 있다. 여기에서 우주의 모든 별과 행성들은 0.5%에 불과하다. 즉, 우리 눈에 보이는 우주는 고작 4%다.

이렇듯 완전하지 않고 완벽하지도 않은 거대한 우주 안에서 모래 한 알의 크기도 안 되는 지구가 만들어진 지 불과 6천 년에서 1만 2천 년 정도가 되었다는 젊은 지구 창조설은 정말이지 입에 담기도 부끄러운 이론일 수밖에 없다. 거기에 대고 창조론은 이론이 아닌 무슨 대단한 관측이나 수치들은 전혀 없고 과학적 연구 성과조차도 전무하면서도 창조 과학이라는 그럴싸한 명칭을 내세워서 사람들을 오도 하는 게 나는 진심으로 마뜩잖다. 과학은 무슨, 개뿔….

그러고 나서는 이 완벽하게 작동하는 우주의 모든 것이 신이 만든 작품이며 그저 모든 것을 신이라는 이름으로 가져다 붙이는 과학을 그들은 창조 과학이라고 하며 지적 설계론(하여튼 좋은 말은 다 갖다 붙이는 인간들치고 멀쩡한 사람을 못 봤다)이라는 허무맹랑한 이론을 주장한다. 그들이 얘기하는 우주에서 유일한 생명체가 사는 행성은 지구라는 논리도 마찬가지이다. 과학적인 관측은 단 한 번도 시도해 보지도, 믿지도 않으면서 그들의 무지한 지도자의 말들만이 오로지 그들에게는 전부인 것이다.

그것은 이런 것이다.

지구에서 가장 가까운 은하는 안드로메다은하인데 지구로부터 약 250만 광년 거리에 있다. 우리가 오늘 지구에서 안드로메다은하를 향해 메시지를 날린다고 치자.

"여보세요. 거기 안드로메다은하에 누가 살고 있나요? 여기는 당신네와 가장 가까운 바로 옆 은하의 지구라는 행성입니다. 거기 누가 살고 있나요? 만약 누군가 살고 있다면 답변이라도 해 주세요."

이렇게 전파에 실어서 보내면 전파도 빛인지라 250만 년을 날아가 안드로메다은하에 도착한다.

그래서 안드로메다은하에 어떤 생명체들이 살고 있다면 그들도 그 전파를 받고 답을 이렇게 답할 것이다.

"예. 우리도 여기 우리 은하에 살고 있습니다. 반갑습니다. 거기에서는 우리를 안드로메다은하라고 하는군요. 지구라는 곳이 도대체 당신네 은하 어디 즈음에 있는 건가요?"

저녁을 보내는 근사한 방법

이렇게 답이 오는 데 다시 250만 년이 걸린다.

가장 가까운 옆 동네 은하와 대화 한 번 주고받는 데 500만 년이 걸린다는 얘기다. 500만 년….

창조론자들은 그들이 믿는 신에게 부탁해서 그때까지 살아서 잘 들어 보시라.

그리고 그런 촌스럽고 멍청한 헛소리들 좀 그만하시라.

저쪽에서 보면 우리가 외계인이니까.

인생관에 대하여

50세가 되면 인생관을 바꾸라는 책이 어딘가에 어른거리는데, 난 절대 바꿀 생각이 없다.

난 여전히 가로등이 켜지는 시간을 사랑할 것이고, 언제나 배려하며 살 것이며, 슬픈 현실에는 같이 슬퍼할 거다.

리어카를 끄는 어르신을 보면 마음이 아프고, 편의점에서 점심 때우는 양복쟁이를 보면 슬퍼지고, 미끼도 안 끼운 채로 낚싯대를 던져놓고 마냥 물만 바라보는 강태공도 안타깝다.

데이트 비용을 아끼려고 싸우는 젊은 연인을 지켜보는 것도 슬프고, 손님 없는 식당에 TV만 켜져 있는 걸 보면 마음 한구석이 아려온다.

바라보는 모든 게 아파진다. 깊어지는 거겠지.

그게 중년의 인생이니 다 받아들이고 익숙해져야지.

난 냉이가 그리 맛있는 거였는지, 석양이 그리도 아름다운 건지, 단풍이 퀼트 이불처럼 화려했던 건지, 혼자 마시는 소주가 어떤 의미가

저녁을 보내는 근사한 방법

있는지 45살이 넘어서야 알았다.

석양이 아름답고 단풍이 화려한 이유는 중년이 되어 느끼게 되는 내면의 아름다움과 같은 거겠다.

깊어지는 아름다운 중년을 고민해 보자.

그것을 자연스럽게 받아들이면서, 그리고… 그래도 석양은 영원히 아름답다는 걸 기억해야지….

그래서 난 50이 되어도 인생관을 안 바꾸련다.

내가 지나온 길이 그다지 아름답지는 않아도, 그걸 바꿀 정도로 후진 인생을 살지도 않았기에….

어쩔 수 없이 이번 생은 변함없는 아웃사이더로 살아가야 하는가 보다.

그리고 나를 할퀴는 행동들을 하지 않으며 조용히 살아가야지.

#가로등이 켜지는 시간

#고전을 읽는 이유

#시를 읽는 즐거움

#오늘의 석양

#참을 수 없는 존재의 가벼움

단노우라 해전이 남긴 것

1185년, 일본 전국은 '겐지 가문'과 '헤이지 가문'이라는 두 무사 가문들의 세력으로 양분화되어 있었다. 두 가문은 호시탐탐 상대 세력의 기득권과 거점을 노리며 1180년부터 1185년까지 '원평합전'이라 불리는 전쟁을 했다. 이 전쟁은 일본 역사를 이 전쟁의 이전과 이후로 기준으로 삼게 될 만큼 매우 중요한 사건 중의 하나로 기록되었다.

당시의 일본 천황은 '안토쿠'라 불리는 겨우 8살 된 아이로 '헤이지 가문'의 꼭두각시 역할을 하고 있었다. 결국 그 천황의 자리를 등에 업은 '헤이지 가문'은 기득권 세력으로 성장하고 있었고, 반대 세력인 '겐지 가문'은 그 기득권에 도전하는 신흥 세력이었던 것이다.

이 두 세력은 1185년 3월 24일, '단노우라(지금의 시모노세키)'라는 바다에서 최후의 결전을 벌이게 된다. 그날 이 '단노우라 해전'에서 헤이지 가문은 참패하게 되고 '헤이지 가문'의 군대는 사실상 다시는 가문의 영광을 이룰 수 없을 정도로 전멸에 가까운 참패를 맛보게 된다. 또한, 그 참패로 어린 천황인 '안토쿠'를 품에 안고 있던 할머니는 어

저녁을 보내는 근사한 방법

린 천황이 겪어야 할 수치스러움을 두려워한 나머지 어린 천황을 안고 단노우라 바닷속으로 몸을 던진다. 이렇게 하여 겐지 가문은 일본 최초의 무사 정권인 '가마쿠라 막부'를 세워 일본 전국을 지배하는 '막부(바쿠후) 시대'로 역사를 다시 쓰게 된다.

이 '단노우라 해전'에서 죽은 사무라이들과 가문의 일족들은 거의 단노우라 바다에 수장되다시피 하였고 그나마 생존자들 또한 일본인 특유의 명예를 생각하며 바다에 뛰어들었다. '헤이지 가문'은 이렇게 몰살되었고 역사 속으로 사라졌으나 40명 정도 되는 궁녀들만은 살아남아 이 단노우라 해변의 어촌 마을에 숨어들어 어부의 아내로 살아갔다. 단노우라 전투 이후로 일대 바다에 헤이지 사무라이들의 유령이 출몰한다는 온갖 기괴한 소문들이 끊이지 않았다. 또한 이 전투 이후 어부들의 그물에 잡힌 게의 등딱지에는 사람 얼굴, 즉 분노한 사무라이 얼굴 형상을 한 게가 잡히기 시작한다는 소문이 돌았다. 그러한 형상의 게를 잡은 어부들은 왠지 꺼림직하고 죄스러운 마음에 바다에 다시 풀어주기를 수백 년을 거듭했다. 어부들은 그물에 올라온 게 중 게 등딱지에 사람 형상이 있는 게들은 '헤이지 가문'의 사무라이들이 다시 게로 태어난 거라고 믿었으며 그렇지 않은 게들만 잡아서 먹었다. 그러기를 수백 년, 애초에 단노우라 해전과는 전혀 상관없이 사람 얼굴과 비슷한 게들은 존재했다. 그러나 어부들은 단노우라 해전 이후 그러한 게를 잡으면 먹기가 꺼려져 그냥 놓아 주었다. 물론 사람 얼굴과 무관하게 생긴 게들을 잡으면 그냥 먹었을 것이다.

이런 과정을 거쳐 그 인근 바다에는 사람의 얼굴과 닮은 게들만 살아남아 진화하게 되었다. 결국 자연 진화가 아닌 사람들의 인위적인 선택(인위 선택)에 의해 진화 방향을 진행해 온 덕분에 인근의 바다에는 사람 얼굴 형상의 게들만 살아남게 되었다.

그렇게 하여 오랜 시간이 흘러 단노우라 해전에서 살아남아 어촌의 아내로 살아가는 궁녀들과 어부들 사이에서 태어난 자손들은 매년 3월 24일이면 제사를 올려 그 비극적인 전쟁으로 희생된 헤이지 가문의 일족들과 사무라이들의 영혼을 달래준다. 전쟁이 끝난 지 거의 1천 년이 지났지만, 살아남은 자들의 후손들은 아직도 죽은 무사들이 유령이 되어 나타나거나 게의 모습으로 환생했다고 믿고 있다. 특히나 어부들은 그 전투에서 패배하여 단노우라 바다에 수장된 사무라이 무사들이 게가 되어 아직도 옛 전쟁터 바다 밑을 헤매고 있다고 생각한다.

또한 현재의 단노우라, 즉 시모노세키에 가면 '아카마 신궁'이라는 곳이 있는데, 이곳은 신사 전체가 빨간색으로 칠해진 신사이다.

빨간색은 '단노우라 해전'에서 죽은 어린 천왕인 '안토쿠' 천황의 죽음을 슬퍼하는 색깔로 전해진다.

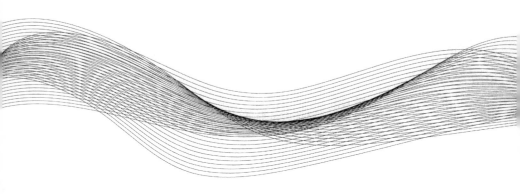

저녁을 보내는 근사한 방법

사랑의 유통기한

처음 큐피드의 화살에 맞은 이후로, 남자는 만나기로 약속한 연인의 전화를 받는다. 여자는 당황스럽고 미안한 마음이 충만한 목소리로 말한다.

"자기야⋯. 미안해서 어쩌지⋯. 차가 너무 막히고⋯. 30분 정도 늦겠는데⋯. 미안해⋯. 어쩌지⋯." 남자는 사랑 가득한 목소리로 말한다.

"어, 괜찮아. 30분 정도야, 뭘⋯. 마음 편하게 먹고 천천히 와⋯. 난 그동안 카페에서 책 읽고 있으면 돼. 괜찮아⋯. 울 자기."

뻔뻔해진 건지, 부끄러움도 잊은 건지 남자는 낯이 붉어지는 걸 느끼면서도 문자를 보낸다. "가령 오후 4시에 네가 온다면 나는 3시부터 행복해지기 시작할 거야⋯. 천천히 와."

그렇게 하여 두 사람은 사랑에 빠지게 된다.

이때 남자의 뇌 속에는 도파민이라는 사랑의 호르몬(물질)이 마구마구 분비된다. 그 도파민이 분비되는 시기에는 세상의 모든 게 아름다워 보인다.

눈에 띄지도 않던 하늘은 왜 그리도 푸른지. 가을날 단풍은 언제부터 그렇게 예뻤던 건지. 밤하늘 별들은 언제부터 저 자리에 있었던 걸까. 그리고 달빛은 왜 그리도 영롱하게 비추는 걸까. 그것도 왜 우리에게만 비추는 걸까. 주로 팝송만 듣던 남자는 어느 날부터인가 사랑 가득한 폴 킴의 노래만 들으며 그 사랑을 찬미한다.

"그녀에게서 전화를 받고 나면, 나는 밖으로 달려 나가 내 사랑을 찬미하고 내 사랑의 이름을 큰소리로 외치고 싶은 욕구에 사로잡히곤 한다. 오페라에 나오는 유명한 아리아라도 몇 곡 목이 터져라 불러 보고 싶다."

이렇게 장자끄 상뻬의 〈속 깊은 이성 친구〉의 글귀도 떠올려 보곤 한다.

그녀와 손을 잡고 걷는 길은 왜 그리도 상쾌하고 날씨는 왜 항상 그리도 좋은지. 그 사람을 마주하고 있으면 말하지 않고 가만히 있어도 세상이 다 아름다워 보인다. 또한, 그녀가 남자의 차에 탈 때면 남자는 기꺼이 조수석으로 달려가 문을 열어 주고 그녀가 안전하게 앉은 것을 확인하고는 문을 부드럽게 닫아 주고 운전석으로 간다. 걷다가 그녀가 벤치에 앉을 양이면 혹여나 옷에 먼지라도 묻지는 않을까 남자는 평소 가지고 다니지도 않던 향수 뿌린 손수건을 벤치에 깔아 주며 신사도를 뽐낸다.

그녀가 뭘 입고 나와도, "세상에나…. 트레이닝복이 그렇게 잘 어울리는 여자는 당신밖에 없을 거라고, 국가대표 선수인 김연아 선수도 당신만큼은 어울리지 않을 거라고… 청바지만 입어도 모델 같아 보인다고, 변진섭의 〈청바지가 잘 어울리는 여자〉란 바로 자기를 이야기하는 거야."라고 너스레를 떤다. 발목이 예뻐서 샌들도 너무 잘 어울린다는 말도 잊지 않고 해 준다.

이때는 셰익스피어의 〈소네트29〉를 달달 외워 읊어주는 시기인 것이다.

이렇듯 도파민이라는 신경 물질은 분노나 두려움 같은 감정에 대한 보상 회로로 작용하여 쾌락과 의욕을 높여주는 호르몬으로써 사랑이나 연애를 시작하는 초반의 시기에는 대량으로 분비된다. 이 도파민이 분비되는 동안에는 그 사람을 위해서라면 왕복 10시간이 넘는 완행열차를 타고 부산을 갔다가 그녀를 10분만 보고 올라와도 아무렇지도 않다는 행복감에 젖은 약간은 정신이 나간(?) 상태를 유지하게 된다.

학자들은 도파민을 사랑의 화합물이라고 부르며 이 화합물이 많이 분비되고 오래 분비될수록 사랑의 행복감은 극에 달하게 된다고 한다. 극에 다른 이 시기는 흔히들 눈이 멀었다는 식으로 표현하며 온종일이 아니라 몇 날 며칠을 그 사람과 같이 있어도 단 일초도 지루하지 않게 되는 사랑의 정점에 이르게 된다.

그러나 뭐든 오르는 시기가 있다면 내려가는 시기도 존재하는 법, 도파민도 물질인지라 한 사람만을 향한 신경 호르몬이 영원히 분비될 수는 없다.

그 시기는 사람마다 차이는 있으나 짧은 사람은 6~8개월, 길다고 해 봤자 3년 정도면 도파민의 생성도 멈추고 그나마 조금 남아있던 도파민도 흔적도 없이 사라지게 된다.

또 잔인한 말이지만, 남자들에게 이 도파민이라는 것은 한 번 분비된 여자에게서는 다시는 분비되지 않아서 아무리 그 상대 여자가 무슨 짓을 한다 해도 더 추가로 분비되는 일은 없으니 여자들은 남자가 마음이 떠났다 싶으면 뒤돌아볼 것 없이 헤어지는 게 좋을 듯싶다.

하여간 수컷들이란….

여기에서 사랑은 두 가지 단계로 가지를 나누게 된다.

첫 번째 가지는 물론 이별이다.

도파민이 더 이상 분비되지 않거나 사라져버린 시기에 남자는 만나기로 한 여자의 전화를 받는다.

"자기야…. 나 오늘 좀 늦을 거 같아…. 미안해."

이제 정신을 차린 남자는 이렇게 말한다.

"뭐…? 또…? 넌 항상 30분 정도 기본으로 늦냐? 한두 번도 아니고, 매번 이런 식이야. 30분? 아, 됐어. 나 시간이 없어서 안 되겠다. 다음 주에 봐."

이렇게 제정신으로 돌아오는 단계에 진입하게 된다.

그리고 만나는데 운동하는 것도 아니고 웬 추리닝을 입고 다니냐며 핀잔을 주거나 저녁 식사 자리에 성의 없게 무슨 청바지를 입고 나오냐며 눈을 흘기는 시기도 같이 오게 된다. 화장은 왜 그리 짙게 하는지, 화장실에서 화장을 고치는 데 왜 그리 오래 걸리냐며 시비를 걸곤 한다. 또 무슨 샌들도 아니고 슬리퍼를 질질 끌고 다니냐 하는 불만도 얘기하곤 한다.

이런 말투만 들어도 사랑은 끝난 것으로 생각해도 된다.

이런 냉소적이고 짜증 섞인 말투가 오갈 때면 일찌감치 헤어지는 게 서로의 정신건강을 위하여 좋을 것이다. 그러나 어디 사랑이 마음대로만 되던가. 헤어진다고 마음을 먹다가도 어느 기분 좋은 날에 얼굴을 보면 또 사랑의 무언가가 남아 있는 것처럼 만남을 유지하게 된다.

그렇게 해서 많은 시간이 흐르는 동안 정말 사소한 이유로(하루만 지나도 이유가 기억도 나지 않는) 인한 잦은 다툼으로 잠시 헤어짐의 시간도 생기고 그러다 다시 만난다.

그 만남과 헤어짐의 반복적인 패턴이 생기고, 짧은 만남과 긴 헤어짐, 또 짧은 만남과 긴 헤어짐이 반복된다.

처음 큐피드의 화살에 맞은 어느 날은 기억에서 없어지고 한여름 낮의 아스팔트 열기보다도 뜨거웠던 사랑의 감정도 이젠 섣달그믐날 새벽녘에 내린 찬 서리처럼 싸늘하게 식어만 간다.

그래도 울적한 어느 날, 혼자라는 것을 도저히 인정하고 싶지 않아서 욕망이 스멀거리고 외로움에 못 견디는 어느 날, 또다시 그들은 그것이 사랑이라 착각하고 짧은 재회를 시도한다.

이제는 섹스 후에도 "사랑해."라는 말조차도 하지 않는 건조하기 이를 데가 없는 관계가 되어버린 것이다.

그 빛나고 아름답던 날들은 기억에서 지나가고 어느새 사랑의 잔상조차도 사라져 버린다.

두 번째 가지는 안정적인 형태의 사랑으로 진화한다.

이젠 뜨겁고 열정적인 사랑의 감정보다는 함께하는 시간과 접촉에서 행복감을 느끼는 시기가 도래한다. 이 시기에 이르면 짝을 찾았다는 표현을 써도 무방할 듯하다. 혹자들은 스킨십 호르몬(포옹 호르몬)

이라고도 하고 모성애 호르몬이라고도 부르는 옥시토신과 바소프레신이라는 호르몬의 분비가 시작된다. 가볍게 터치하는 스킨십에도 안정적이고 행복한 감정을 유발하는 이 옥시토신은 연인들 사이에 애착심을 증가시키는 역할도 한다.

옥시토신은 여성의 출산 시나 아기를 안고 모유를 수유할 때도 모성애를 자극해 주기도 하며 성적 쾌감을 느끼거나 오르가슴을 느낄 때 남녀 관계없이 혈장에 옥시토신의 양이 특히 증가한다. 옥시토신은 시상하부 뉴런에서 합성되어 뇌하수체를 거쳐 뇌를 순환하여 혈액으로 배출되기도 하고 일부는 뇌에서 합성되기도 한다.

옥시토신의 안정적인 분비는 격렬한 사랑의 감정 대신에 둘이서 손을 잡고만 있어도 왠지 편안해지고 행복감을 느끼게 만들어 주며 같이 오붓하게 저녁을 먹은 후 산책하러 나갔다가 돌아오는 길까지도 잔잔한 사랑의 감정을 안정적으로 유지하게 해 주는 호르몬이다.

또한 바소프레신은 '일부일처제 호르몬'이라는 별명을 가지고 있다. '애착 유발 화합물'이라고도 불리는 바소프레신은 한마디로 지극히 아내만 바라보며 가족을 끔찍이 돌보는 책임감 넘치는 남자들에게서 많이 분비되는 호르몬이다. 이 바소프레신은 지구상의 포유동물 중 약 3%만이 가진 호르몬으로써 일부일처성의 경향을 가지고 있지만, 불행히도 인간은 일부일처제군에 속하지 않는다는 게 정설이다. 남녀 간에 문란한 성생활이나 그로 인한 도덕적 사회적 문제는 수많은 불륜을 양산하는 호르몬의 대가이기도 하다.

뭐든 적당한 게 좋은 것 같다. 뭐든 넘치면 문제가 되는 게 자연의 이치 아니던가.

적당한 바소프레신의 분비는 안정적이고 화목한 가정생활을 유지하게 해 주지만 과도한 바소프레신의 분비는 집착에 가까워지다가 결국은 '의처증'이나 '의부증'으로 발전하여 가정을 심각한 파탄으로 몰고 갈 수도 있다. 바소프레신은 그만큼 무서운 호르몬이다.

안정적인 사랑의 단계를 넘어선 지속적인 사랑을 위해서 우리 몸이 스스로와 상대를 지키기 위하여 만들어 내는 진통제가 있다. 우리는 그것을 엔도르핀이라고 부른다(진통제가 뜻하는 게 무엇인지는 다들 알고 있으리라 생각한다).

결국 호르몬의 존재는 나와 연인과 가정을 지키는 것은 나의 의지나 마음만 가지고 되는 게 아니라는 것을 보여 준다.

그렇다면 부부라는 명칭의 인연이라는 짝은 어떻게 만들어질까?

인간의 유전자 속에는 우리도 모르는 사이에 상대를 찾아내는 신기한 감각 능력이 있다. 더 건강하고 총명한 2세를 출산할 수 있는 유전자를 소유한 상대를 선택하게 되는데 이것은 수만 년을 이끌어 온 인간 진화론의 핵심이다. 또한, 그 선택되는 유전자의 소유자가 본인의 유전자와는 너무 다르지 않은 그런 상대를 좋아하게 된다는 게 유전학적인 설명이다.

오래오래 사는 부부가 서로를 닮아가는 것도 그런 설명과 부합되는 이론인 듯하다. 그렇다고 사랑의 모든 것을 호르몬 몇 개로 다 설명할 수 있겠는가. 어찌 세상사 모든 것을 과학으로만 이야기할 수 있겠는가.

"검은 머리가 파 뿌리가 되도록 사랑하겠습니까?"라는 주례 선생님의 물음에 당당히 자신 있게 선서한 세상의 모든 부부가 그걸 지키며 살 수는 없겠지만, 두 사람이 만나서 사랑하고 아이를 낳고 행복하게 살아가는 그 행위보다 인간이 가진 여러 권리와 의무 중에서 더 신성한 것이 있을까 하는 생각도 해 본다.

우리를 규정짓는 기준은 우리 스스로가 올바르고 현명하게 생각하고 사고하는 습관이라 생각한다.

사랑이란….

운명을 가장한 우연이라는 거대한 사건이다.

저녁을 보내는 근사한 방법

한 병이면 충분해

출장에서 돌아오는 길에 집사람에게서 다급한 목소리로 전화가 왔다.

"집에 언제 와? 빨리 좀 와 봐…. 큰일 났어."

난 궁금한 마음에 물었다. "왜? 무슨 일인데?"

"저놈의 계집애가 미쳤어…. 암튼 빨리 와. 쟤 좀 어떻게 해야 해."

집사람은 그 말만 마치고는 전화를 끊었다.

무슨 일이지? 또 마트에서 머리핀을 훔치다가 걸렸나?

한창 사춘기인 중학생 우리 딸이 작년쯤인가, 올해 초인가에 마트에서 머리핀을 훔치다가 걸려서 내가 학교에 불려 간 적이 있었다.

교무실에 들어가 담임 선생님을 찾았더니 나를 무슨 뭐랄까, 내가 학교 다닐 때라면 훈육실 혹은 지도 상담실 같은 곳이랄까? 암튼 나를 그런 밀실 같은 곳으로 데려가더니 심각한 표정으로 얼굴을 칠판으로 돌렸다.

칠판 구석에는 작은 글씨로 절도 학생 명단이라 쓰여 있었고 우리 딸과 같이 공모한 세 명의 친구들 이름까지 적혀 있었다.

담임 선생님이 조심스럽게 자초지종을 이야기해 주었다. 아이들이 훔친 물건도 다 회수했고, 또 크게 반성하고 있는 태도를 고려하여 마트 측에서는 손해배상 청구나 법적인 처벌을 하지 않겠다고 했다고 한다. 그래도 이런 일이 재발할 시에는 법적인 처벌도 불가피하다고 꼼꼼히 설명해 주었다. 난 담임 선생님의 설명을 들으며 연신 고개를 끄덕이며 사건의 내용을 충분히 이해했고 딸아이의 실수(?)에 대한 부모로서의 입장 표명을 어떻게 해야 하는 건지 고민하는 것처럼 심각한 표정을 지으며 고개를 살짝 떨구었다.

담임 선생님도 이런 상황에서 아버님이 어떻게 하실 건지 궁금하다는 표정을 지으며 말을 맺었다.

난 조용히 입을 열었다.

"뭐를 몇 개 훔쳤죠?"

내 질문에 담임 선생님은 당황한 톤으로 말했다.

"예? 아버님, 뭐라 하셨죠?"

"어떤 품목을 몇 개나 훔쳤냐고요? 품목별로요."

나는 말했다.

담임 선생님은 여전히 당황한 목소리로 말했다.

"어… 그게… 어… 잠시만요."

그러더니 세로로 된 캐비닛 맨 위의 서랍을 열고는 종이 몇 장을 꺼내어 보며 나를 보지도 않고 말을 이어갔다.

"어… 아버님, 그러니까… 4명이… 이게… 아~! 여기 있다. 절도 품 목록… 고데기 빗 4개… 어… 그리고 큐빅 머리핀 4개, 하트 머리핀 4개… 그리고… 어, 이게 뭐지? 파스텔? 파스텔 사각 똑딱 핀 4

저녁을 보내는 근사한 방법

개, 곱창…? 곱창 머리끈 3개…. 어. 예…. 이 정도입니다. 근데 아버님, 이게 중요한가요?"

난 무의식적으로 말을 뱉었다.

"왜 곱창 머리끈은 3개죠? 4명이 한 거라 종류별로 한 개씩 훔친 거 같은데…. 곱창 머리끈만 3개네요. 한 아이의 머리는 짧은가 보죠?"

담임 선생님은 내 말을 듣더니 무언가를 기억하려는 듯 눈동자를 위로 올리며 숫자를 세듯 손가락을 잠깐 세더니 말했다.

"아, 맞네요. 지연이가 머리가 짧아요, 지연이가…. 저, 아버님. 그런데 그게 중요한 건가요?" 담임 선생님은 나에게 물었다.

난 생각 없이 말했다.

"아, 아닙니다. 중요한 건 아닌데…. 그냥 한 개가 비어서 궁금해서요. 그런 짓 할 거면 티 안 나게 해야지. 자식들이…. 그렇게 많이 훔치니 걸리지…. 이 자식들."

"예…. 아버님, 뭐라고요…? 티 안 나게요?"

담임 선생님은 눈을 휘둥그레하며 나에게 말했다.

"아니요, 선생님. 제 말은 그게 아니라…. 애들이 사춘기 때 다 그렇잖아요…. 어딘가 삐뚤어지기도 하고 튕겨 나가기도 하고. 그러다 뭐 머리핀 같은 거에 꽂히기라도 하면 티 안 나게 아주 조금만 훔쳐야 걸려도 용서를 받지, 많이 훔치면 큰일 난다는 취지로 말한 겁니다. 이해는 하는데 너무 과한 것은 항상 위험하니까요…. 암튼 그냥 그런 취지입니다. 선생님. 오해는 하지 마시고요."

나도 내가 말한 내용이 당황스러워서 대충 얼버무렸다.

담임 선생님은 내 말에 뭐라 답해야 할지 잠시 고민하다가 다시금 나를 보며 말했다.

"암튼 아버님 집에서 아이 선도 좀 해 주셔야겠습니다. 좀 혼내시기도 하시고요. 물론 학교에서도 재발 방지 교육을 할 예정입니다. 부탁드리겠습니다."

나는 말 없이 알았다는 듯 고개를 끄덕이며 묵례를 하고는 학교를 나왔다.

좀 전에 집사람의 전화를 받고 나서 그 일이 생각난 것이다.

아…. 내일 또 학교에 가야 하는 건가….

학교에다가 이번엔 뭐라고 하지? 이런 생각에 난 다급한 마음이 들어 액셀러레이터를 밟은 발에 힘을 주었다.

도어락을 열고 집에 들어왔는데 집 안은 예상과는 다르게 사뭇 조용했다. 거실에는 아무도 없고…. 우리 강아지도 안 보이고, 신발을 보니 아들 녀석은 아직 안 온 것 같았다. 안방에 문을 열고 들어가니, 휴대전화를 내려다보고 있던 집사람은 심각한 표정으로 말없이 휴대전화를 나에게 건네며 "휴…." 하고 한숨을 쉬었다. 난 '뭔데?' 하는 표정으로 건네는 휴대전화를 받아 화면을 내려다보았다.

카톡 대화창이었다.

4명이 있는 단톡방이었는데, 이름들을 보니 그때 그 마트 핀 절도범들의 단톡방이었다.

단톡방 명: All for one
지연, 승주, 하나, 은수.

　　　　　　　　　　저녁을 보내는 근사한 방법

대화의 내용은 대충 이러했다.

지연: 몇 시에 누구 집에서 뭐 하고.
하나: 우리 집, 2시. 울 엄마 오기 전에 얼른 먹자.
승주: 난 피자.
은수: 치킨 양념 반, 프라이드 반.
승주: 그 정도면 돼…? 뭐 또 없어? 어차피 배달시킬
  거잖아.
하나: 너네 올 때 골뱅이 캔하고 매운 양념장 사 와.
승주: 오케이. 골뱅이, 양념장.
승주: 근데… 하나야. 네 명이니까 소주 두 병만 사가면
  돼?
지연: 두 병? 많지 않을까?
은수: 많을 거 같은데….
승주: 네 명이 두 병도 못 마시냐…? 두 병 사 갈게.
하나: 장난해? 각 두 병씩, 여덟 병 사 와.
승주: ….
은수: 흐웹….
지연: 각 두 병씩? 진짜?

내용은 대충 이러했다.
집사람은 읽어 내려가며 웃는 나를 보더니, 휴대전화를 빼앗듯 채
가며 말했다.

"당신은 이게 웃겨? 내가 오늘 집에 좀 일찍 오는 바람에 들킨 거지. 대낮부터 어린 것들이 취해서 지연이는 소파에 널브러져 있고, 은수는 식탁 위에서 엎드려 자고 있고, 승주는 휴지 찢어서 거실에 날려가며 혼자 춤추고 있고, 저 하나 계집애는 뭐 하고 있었는 줄 알아? 지가 무슨 마피아 보스나 되는 양 식탁 의자에 발을 걸쳐놓고는 소주를 주욱 마시며 거실에 서 있는 나를 편안하게 보고 있더라니까…. 저게 제정신이냐고…. 저놈의 계집애, 당신이 어떻게 좀 해 봐야 하는 거 아니야? 저게 말로 해서는 들어먹지를 않으니…. 매로 때리든 어떻게 좀 해 봐…. 그리고 당신이 평소에 안 혼내니까 저 계집애가 저러고 다니는 거야."

집사람은 흥분한 말투로 기관총 쏘듯이 나에게 퍼부었다.

나는 황당한 표정을 지으며 말했다.

"왜 갑자기 나한테 화살을 돌리고 그래."

내 말을 듣자마자 집사람은 기다렸다는 듯 다시 말했다.

"내가 틀린 말 했어? 저번에 마트 핀 사건 때도 그래. 뭐 조금씩 티 안 나게 훔치라고? 그게 말이야, 막걸리야? 뭐? 다 훔치기도 하고, 그러다 엄마, 아빠가 뭐라고 하면 가출도 한 번씩 하고 사는 거라고? 그게 아빠가 애들한테 할 얘기야? 당신이 애를 저렇게 만들었어…. 그러니까 지금 저 계집애 방에 들어가서 다시는 그런 짓 못 하게 혼을 내라고…. 다시는 못 하게, 회초리를 쓰더라도 이번 기회에 아예 뿌리를 뽑아야 해! 당신이 책임져!"

다시 한번 나에게 퍼붓는 집사람의 말을 들으며…. 뭐라 대꾸를 하려다가 "그런 얘기가 아니잖아…. 됐다. 그래, 내가 가서 혼내 줄게.

저녁을 보내는 근사한 방법

알았어. 그만해." 하며 안방을 나왔다.

딸아이 방문 앞에 서서 노크하였다.

"아빠야…. 들어가도 될까?"

"네…."

딸아이는 거의 쥐 죽은 듯한 목소리로 말했다.

문을 열고 들어가니 침대에 걸터앉아 고개를 숙이고 앉아 있었다.

나는 잠시 딸아이의 방을 둘러보고는 책상 의자를 움직여서 딸아이를 마주 보며 앉았다. 그리고 잠시 침묵이 흘렀다.

시간이 한 5분 정도 흘렀나.

딸아이가 살짝 흐느적거리는 목소리로 입을 열었다.

"아빠. 죄송해요. 다시는 안 그럴게요. 진짜 다시는 안 그럴게요. 약속드려요."

나는 잠시 한숨을 쉬듯 긴 호흡을 한 후, 딸아이의 어깨에 손을 얹으며 조용히 말했다.

"이놈아…. 중학생이…."

내 말을 듣고 녀석은 다시금 흐느끼며 말했다.

"정말 죄송해요, 아빠…. 다시는, 다시는 이런 일 없게 할게요. 진짜 약속드릴게요." 나는 다른 한 손으로 책상 위의 티슈를 두어 장 뽑아 딸아이에게 건네며 말했다.

"이놈아…. 중학생이…. 두 병은 너무 많잖아……. 한 병이면 충분해."

내 말에 고개를 들어 물끄러미 쳐다보는 녀석의 뺨을 살짝 쳐 주며 난 녀석의 방을 나왔다.

그러던 아이가 지금은 대학생이 되어 아주 어엿하고 즐거운 인생을 살고 있다.

다 그런 거지, 뭘…. 하하하.

Once Upon a Time

기원전 1만 오천 년 전, 이미 인류의 대이동이 시작된 고대 아프리카 동굴의 벽에 새겨진 고대의 상형문자를 학자들이 해석했다. 거기에는 이렇게 쓰여 있었다.

"요즘 애들은 정말 이해할 수가 없어."

그때나 지금이나 똑같구나. 하하하.

남아있는 나날들

누군가가 아내가 있느냐 물었습니다.
난 없다고 했습니다.

그럼 연인이 있느냐 물었습니다.
난 그런 사람도 없다고 했습니다.

슬픔이 남아 있느냐 물었습니다.
난 남아있지 않다고 했습니다.

비애가 남아 있느냐 물었습니다.
난 그것도 남아있지 않다고 했습니다.

눈물이 남아 있느냐 물었습니다.
난 눈물 같은 건 남아있지 않다고 했습니다.

저녁을 보내는 근사한 방법

사랑이 남아있냐고 물었습니다.
난 세상에 사랑 같은 건 원래 없는 거라고 했습니다.

기대가 남아있냐고 물었습니다.
난 기대 따위는 남아있지 않다고 했습니다.

어느 날 겨울새가 가까이 다가와 외롭냐고 물었습니다.
난 외로움 같은 건 절대 말하지도, 쓰지도 않는다고 했습니다.
그럼 나에게는 어떤 게 남아 있느냐 물었습니다.
난 아프게 웃으며 말했습니다.

나에게 남아 있는 건 오직 남아있는 나날들뿐이라고….

테레자와 토마시와 사비나 그리고 프란츠를 위하여….

Dear, Friend,

저녁을 보내는 근사한 방법

Dear. Friend 1

사랑하는 친구야~! 잘 지내지?

오래간만에 이메일로 안부를 전하는구나.

내가 아침부터 이렇게 이메일로 안부를 전하는 이유는 어떤 하고 싶은 말이 있어서야.

전화상으로는 좀 그렇고, 그렇다고 문자로 하기에도 좀 애매한 내용이라 이렇게 이메일로 보낸다.

저번 명절에 네가 했던 얘기가 생각이 난다.

난 대기업에 오래 다니는 네가 참 자랑스럽다.

벌써 다른 친구들은 부장 직함을 달아서 이제 임원 될 일만 남았는데, 너는 부장 달면 구조조정이나 명예퇴직 대상이 된다며 자식들 대학까지 보내려면 만년 과장으로 남아있어야 생존 기간이 길다고 그랬나? 일부러 근무 태도도 엉망으로 하고 보고서도 허술하게 쓰고 기획안도 엉뚱하고 허접한 기획안을 내놓아야 승진도 못 하고, 호봉 수만 올려서 오래오래 정년퇴직까지 살아남을 수 있다는….

너의 그 눈물겹고 거룩하기까지 한 그 변명은 정말 나를 감동하게 했다.

명신이가 술자리에서 너에게 부장 승진이 왜 늦냐고 질문했을 때 너에게서 그런 답변이 나올 줄은 정말 상상도 못 했다.

우리 기숙사 동기들…. 너, 나 그리고 성수, 명신이.

우리가 고등학교 3년 내내 같은 호실에서 지내고 졸업한 지가 벌써 33년이 지났구나…. 33년 넘게 쌓아온 우정 정도는 되어야 그런 변명에도 고개를 끄덕거리는 배려를 할 수 있다는 게 난 참 좋다….

역시 자네는 33년 전이나 지금이나 임기응변은 탁월한 것 같으이. 하하하.

참, 내가 하려는 게 이 이야기가 아닌데.

내가 어제저녁에 주방용품을 사러 마트에 갔는데 말이다.

아주 작은 주전자를 사러 갔었지. 그런데 양은주전자를 보자마자, 번개처럼 퍼뜩 스치고 지나가는 기억이 떠오르는 거다.

우리 기숙사 동기 4명이 고등학교 2학년 때였을 거야.

고등학교 3학년 때 그런 짓을 했으면 우린 정말 정신병자였을 거다.

고등학교 2학년 때가 맞는 것 같다.

우리 4명이 어느 누가 자기 고추의 발기력이 강한지와 누가 사이즈가 큰지 서로 대결해 보자고 한 적이 있잖아. 기억나지? 하하하.

뭐 이미 우리 4명은 집창촌도 몇 번 같이 가고 일 다 본 후에 같이 공동 목욕실에서 씻기도 하여서 대충의 사이즈들은 알고 있었지만, 우선 사이즈 대결에서는 명신이는 바로 기권했고 성수는 고추 모양이 애꾸눈 후크 선장의 갈고리 손처럼 이상하게 굽어진 형태라 사이즈의

저녁을 보내는 근사한 방법

의미가 없다고 우리가 서로 동의하여 너와 나만 결승전에 올라갔지.

일단 우리는 혈기 왕성한 한창때라서, 『플레이보이』잡지 몇 장만 봐도, 아니면 기숙사 식당 영양사 누나 가슴만 생각해도 발기가 잘되던 때라 발기시키는 건 전혀 문제가 되지 않았지. 참 좋은 시절이었다. 하하하.

그날 아침에 서로 발기가 잘되어 있을 때 눈금자로 성수가 네 고추를 재려고 하는데 네가 성수는 나랑 친하니, 측정에 개인적인 인센티브가 있을 수 있다고 주장하여 중립적인 명신이가 측정하는 것에, 난 그것도 동의했다.

그리고 넌 뿌리부터 재야 한다고 했고, 난 뿌리부터가 아니라 섹스시 삽입이 되는 지점까지가 리얼 사이즈라고 해서, 나의 주장에 네가 동의해 주었지. 그래 중립적인 명신이의 측정에 이의를 제기하지 않기로 하여 결국 네가 나보다 0.7㎝ 긴 것으로 인정하고 승복했다.

그런데 발기력에 대한 건 서로 알 수가 없던지라, 그 부분은 서로 다시 대결해 보자고 했지.

그래서 네가 제안한 게 발기가 된 상태에서 서로의 고추에 주전자를 걸쳐놓고 물을 조금씩 부어서 누가 더 오래 버티는지 내기를 했었잖아. 명신이가 기숙사 식당에 가서 가져온 작은 주전자 2개를 가지고 네가 먼저 주전자를 골랐고 나는 나머지 다른 주전자를 썼지. 여전히 명신이는 자신이 없다고 기권!

성수는 그 형태가 이상하여 주전자가 잘 안 걸쳐지고 자꾸 미끄러져서 떨어져서 성수도 포기! 결국 너와 나만 다시 결승에 올라갔지.

우리는 각자 고추에 걸쳐놓은 주전자에 중립적인 명신이가 종이컵으로 한 컵씩 물을 부어 주었어. 점점 주전자에 어느 정도 물이 찼고 이제 이 정도면 물은 그만 붓고 얼마나 오래 버티냐의 문제였지.

그때 네가 나보다 4초 정도 더 버티고, 난 패배를 인정했지.

기숙사 방 스피커에서 그놈의 기상나팔 소리만 안 나왔어도….

아침 기상 체조를 빨리 나가야 한다는 생각에 집중력이 떨어졌다.

내가 그걸 지금 와서 따지려는 게 아니다. 친구야~!

요지는 이렇다. 내가 마트에 가서 주전자를 고르는데 생각난 게 있어. 그날 대결의 문제점을 이야기하는 거다.

지금 기억해 보니 명신이가 가져온 주전자는 똑같은 게 아니었다.

2개 중에 한 개는 누르스름한 양은주전자였고 그걸 네가 잽싸게 간파하고 네가 먼저 그 가벼운 양은주전자를 골랐고 난 어쩔 수 없이 나머지 주전자를 받았는데, 그건 네 것보다 더 무거운 쇠 주전자였다.

마트 주방용품 판매대에서 난 그게 생각이 난 거다.

그날의 불공정했던 대결 말이다.

그래서 제안한다.

이번 명절에 내려올 거지? 나도 내려갈 거다.

내려오면 우리 둘이서 할 일이 좀 있다. 잠깐이면 된다.

내가 똑같은 양은주전자 1호(1L) 2개를 준비할 테니(마트에서 이미 다 사놓았다. 하하하) 명절에 내려오면 전날 우리 4명이 뭉치기 전에 한 2시간 정도 미리 만나서 어디 조용한 모텔에 들어가서 다시 한번 대결하자. 그리고… 우리가 예전만큼 발기가 잘 안 될 것도 충분히 고려해 자네가 제일 좋아하는 일본 AV 배우 아오이 츠카사의 최신 작품도 파일로 받아놓았네….

저녁을 보내는 근사한 방법

물론 모자이크가 없는 걸로다가…. 하하하.
난 자네가 항상 자랑스럽다네, 친구~!
명절 연휴 때 보자고.
기대되네, 친구…. 하하하.

포스가 함께하기를.

RE: Dear. Friend 1

이 미친 XX야….

너 제정신이야?

지금 시간이 몇 시인 줄 알아?

아침 8시 반부터 회의하며, 나보다 어린 부장한테 엄청나게 깨지고 이제 막 책상 앞에 앉아서 업무를 시작하려는데, 첫 메일이 너한테 온 메일이야….

이 XXX야. 그리고 왜 회사 메일로 보내고 XX이야.

회사 메인 서버에 저장되는데…. 누가 보면 어떻게 할겨?

이 미친 XX야….

너, 내 개인 메일 계정 알면서 일부러 회사 메일로 보낸 거지?

이 XXX…. 넌 정말 답이 없는 XX야.

너는 33년 전이나 지금이나 똑같은 XXX XX야.

내가 하루 업무의 시작을 이런 개 쓰레기 같은 메일을 보며 시작해야겠냐? 가뜩이나 실적 때문에 스트레스가 최고치인데.

내가 왜 아침부터 이런 메일을 읽고 있어야 하는지, 나도 참 슬프다.

이 미친X아~! 이 XXX XX.

너는 아침부터 그렇게 할 일이 없냐?

아침 9시에 이런 메일이 써지든? 너 제정신이냐?

너 혹시 약 한 거 아냐? 이 미친X아~!

하긴, 넌 대표이사니깐…. 네 맘 대로겠지.

넌 정말 예나 지금이나 개XXX가 맞아…. 하하하.

너 그리고 한 번만 더 이런 메일 회사 계정으로 보내면 죽을 줄 알아….

이거 회사 메일 계정이라고…. 이 미친X아….

그리고 말도 안 되는 얘기…. 뭐 발기? 대결? 주전자?

뭐 이런….

아, 놔…. XX…. 아침부터 흥분해서 키보드도 안 눌러지네.

야…. 이 XX야…. 나 당뇨 있는 거 알아, 몰라.

이 XX. 아침부터…. 당 떨어지잖아.

XXX XX….

명절에 만나서 조용히 소주나 한잔하자.

아웃~!

Dear. Friend 2

사랑하는 친구야….

메일을 보낸 지 10분 만에 이렇게 답장을 주다니.

넌 정말이지 베프야, 베프. 베스트 프랜드라는 뜻이지.

내 제안을 받아들이는 게 너의 안정적인 미래에 도움이 될 거야.

아, 그러고 보니 4~5년 전 추석 때였나, 구정 때였나?

명절 전날 우리 부부 동반으로 만났을 때 있잖아….

그때 술집에서 네 제수씨 친구인 숙희 씨를 만났을 때 느꼈던 건데, 넌 숙희 씨를 잘 모르는 사람처럼 행동하더라?

너 결혼 전에 제수씨에게 그거 안 털어놓았냐?

물론 결혼 전 연인관계였지만, 그래도 제수씨가 일본으로 2년 동안 어학연수 갔을 때 너 제수씨 베프인 숙희 씨랑 사귀었었잖아….

거의 3일이 멀다고 숙희 씨랑 여관에 가서 갈 때마다 3번씩 한다고 나한테 자랑했던 거 기억나지? 하하하.

그리고 제수씨는 가슴이 좀 작아서 섹스할 때 잘 몰랐는데, 숙희 씨가 위에 올라가서 할 때는 숙희 씨 가슴이 출렁거리는 게 너무 섹시하다며, 네가 엄청나게 신나게 자랑했거든.

그리고 밤에 산에서도 하고, 놀러 가서 해변에서도 자리 깔고 했다고, 엄청나게 자랑했거든.

뭐, 어쩌다 보니 제수씨 귀국 전에 헤어지기는 했지만, 그 뒤로도 몇 번 더 만났잖아….

야…. 그래도 제수씨는 너 군대에 가 있는 동안 너만 바라보며 일편단심 민들레였는데, 그건 좀…. 아니지 않냐?

근데 난 네가 네 결혼식 날짜가 잡히고, 어느 날 술에 취해서 제수씨에게 다 털어놓고 용서를 구한다고 하길래…. 여자들은 아무리 쿨한 척해도 다 기억하고 있어서 앞으로 사는 데 지장이 있을 수 있으니 절대 말하면 안 된다고, 간신히 너를 설득했는데….

그냥 그때 고백하고 용서를 구하라고 할 걸 그랬다….

난 너희 가정이 시끄러워지는 건 원하지 않는다. 친구야.

주전자하고 물은 내가 준비할 테니 명절 전날 보세나. 친구….

포스가 함께하기를.

RE: Dear. Friend 2

너 돌았구나…. 지금 나 협박해?

너 요즘 약 하냐?

아침부터 이런 얘기들이 메일로 써지냐?

이 미친 XX야…. 왜 아침부터 33년 전 일을 꺼내고, 왜 대학 다닐 때 얘기를 꺼내는 거야?

나 일하는 중이라고. 이 미친 XXXX XX야!

너는 정말 33년 전이나 지금이나 XXXX XX가 맞아.

넌 정말 구제 불능이야….

나 오늘 안으로 기획안 만들고 내일 프레젠테이션해야 한다. 이 미친X아.

이 XXXX는 왜 자꾸 회사 메일로 보내는 거야?

너 정말 죽어볼래?

너 이 메일 내용 성수하고 명신이한테 보내서 네가 아침부터 이런 협박한다고 다 불어 버릴 거다.

저녁을 보내는 근사한 방법

나도 너 중학교부터 고등학교, 대학교 시절까지 네가 한 모든 개 같은 짓들 다 기억하고 있거든?

그리고 너 사회 생활할 때도 양다리, 쓰리 다리, 쓰리X 한 거 다 기억하고 있거든? 네가 자랑스럽게 얘기한 거 다 알고 있다.

네가 한 일은 나보다 10배도 더 넘는 금수만도 못한 짓들이야. 다 기억한다. 너도 조심해라…. 다 퍼트려 버릴 거다.

네 제수씨한테도 문자로 보낼 것이고 너희 회사 홈페이지 게시판에도 당신네 대표이사가 아침부터 이런 짓거리나 하고 있다고 다 올려 버릴 거다.

이 XXX XX야.

제발 그만하자…. 친구야…. 부탁이다, 엉?

부탁 좀 하자.

내가 왜 아침부터 이런 회신이나 쓰고 있는지….

나 근무시간이야. 이 미친놈아….

진짜 슬프다….

명절에 만나서 조용히 소주나 한잔하자….

아웃~!

Dear. Friend 3

친구야…. 지금 나 협박하는 거니?

그래도 아침부터 바쁜 업무 와중에도 이렇게 빠른 회신에 감사하다.

넌 정말 베프야, 베프.

내가 왜 사랑하는 친구를 협박하겠니.

그건 아니란다. 오해하지 말게나, 친구.

너 고등학교 2학년 때, 네가 기숙사 식당 영양사 누나하고 뒤로 한번 하고 싶다고 한번 들이대 볼까 하고 나한테 물어봤을 때, 그 영양사 누나 막냇동생이 우리 학교 싸움짱 준오라고 알려줘서 네 목숨을 구해준 적도 있었잖아.

난 자네를 그리 생각하는데…. 서운하네…. 친구.

그냥…. 난 이제는 나이도 있고 해서 뭔가를 숨기고 산다는 게 좀 버거워지네…. 죄책감도 들고 말이야….

숙희 씨 얘기에 화났구나?

그러게 미리미리 제수씨에게 털어놓지 그랬어….

네가 제수씨 귀국 전에 숙회 씨하고도 헤어지고 너무 힘들다고 하
소연해서 내가 이태원 미군 클럽에 데리고 갔던 거 기억나지?

그래도 넌 클럽에 와서 기분전환이 좀 된다고 나에게 고맙다고 했
었지…. 그리고 내가 네 기분을 더 풀어주려고 예전부터 흑마 한번
만나 보고 싶다고 노래를 불러서 그날 내가 흑인 콜걸 소개해 주었잖
아.

너 그날 엄청나게 흥분하더라…. 드디어 흑마를 만나게 되었다고….
하하.

너랑 그 흑인 콜걸이… 뭐였더라? 제시카라고 했었나?

가물가물…. 엉덩이가 김치 담글 때 쓰는 큰 다라이만 한 여자.

암튼 너 그 제시카랑 보드카 몇 잔 마시더니 나보고 혼자 알아서
가라고 하고, 넌 밖으로 나갔잖아.

다음날 나에게 얼마나 고마워했냐?

너 제시카 때문에 죽을 뻔했다고…. 쪽쪽 빨려서 몸속에 물 한 방
울 남지 않았다는 멋진 시적인 표현까지 써 가며…. 하하하.

그리고 작년 추석 때는 1차에서 제수씨들 다 가고 성수랑 너랑 나
랑 셋이서 룸살롱 갔잖아…. 내가 그때 느낀 건데, 넌 정말 엉덩이가
하마만 한 여자를 좋아하는 게 분명해.

그날도 그 많은 아가씨 중에서 제시카보다는 못하지만 엉덩이가 하
마만 한 아가씨를 골라서 2시간 내내 주물럭대더니 결국은 성수한테
돈 빌려서 여관까지 갔잖아…. 하하하.

그리고 친구야…. 자네가 뭐 잊은 게 있는 것 같다.

그리고 나 협박하려면 좀 잘 좀 해라.

나 5년 전에 이혼했잖아.

그러니…. 뭐 어디에든 알려져도 괜찮아. 하하하.

이제 와서 그런 거 가지고 뭐 한담? 하하하.

그리고 네가 그럴 줄 알고 어제 우리 관리부장에게 당분간 회사 홈페이지 문 닫으라고 했다.

친구야…. 2시간 정도면 다 끝나.

별것도 아닌 일에 에너지 낭비하지 말자.

자네는 그냥 몸만 오면 돼….

명절 전날 미리 보세나…. 친구.

포스가 함께하기를.

저녁을 보내는 근사한 방법

RE: Dear. Friend 3

하….

친구야…. 우리 이러지 말자….

도대체 나한테 왜 그러냐…. 이 미친 XXX XX야….

난 이 시간 이후로 너랑 이 미친 짓거리를 안 하기로 했다.

이런 말도 안 되는 내용으로 이메일을 주고받는다는 게, 이거 실화냐?

이게 실화인지 정말 의심스럽다.

꿈이라고 해도, 이건 정말 악몽이다, 악몽….

이 미친X아.

너 때문에 난 오전 내내 업무에 마비가 왔고 너 같은 XXX 때문에 가슴이 두근거리고 손까지 떨려서 키보드도 잘 안 눌러진다.

오늘 일 접고 반차 내련다…. 혈압까지 오른다.

너 왜 내 전화 안 받아? 이 미친X아~!

전화 받아라…. 좋은 말로 할 때 전화 받아라….

이 미친 XX….

너 때문에 일을 할 수가 없다.

그냥…. 제발…. 플리즈…. 플리즈….

친구야…. 만나자…. 만나서 얘기 좀 해 보자.

아침부터 네가 왜 회사 메일로 이러는지, 우리 만나서 얘기 좀 해 보자….

내가 네 회사… 일산까지 갈 테니깐… 만나서 얘기하자.

아웃~!

저녁을 보내는 근사한 방법

Dear. Friend 4

서로 바쁜데…. 만날 필요는 없을 듯하다.

바쁘니깐 전화를 못 받지…. 바보야~!

바쁘니깐 만나서 얘기 안 하고 이렇게 메일로 보내지….

오지 마라…. 나 바쁘다…. 전화도 못 받을 정도로 바쁘다. 하하하.

그냥 명절날 조용히 2시간만 시간 내어줘.

프랜드.

포스가 함께하기를.

RE: Dear. Friend 4

내가 더 이상 대꾸를 안 하려고 했는데….

이 미친 XXX야….

바쁘다는 XX가…. 아침 내내 회사 메일로 이 XX을 하고 전화도 안 받냐? 뭐? 전화도 못 받을 정도로 바쁘다고?

이 미친 XX….

너 정말 XXX 맞지?

어디서부터 잘못된 거야…. 이 미친X아….

하….

너를 어떻게 해야 할지…. 고민이다.

넌 정말 미친X이 틀림없어.

내가 네 메일 성수하고 명신이한테 보냈다.

성수랑 명신이도 너 가만히 안 놔둘 거야.

네가 아침부터 이런 말도 안 되는 짓거리로 나를 괴롭히고 있다고… 다 메일로 보냈다.

넌 33년 넘은 친구들한테 XX 얻어터지든지, 매장될 거야.

이 미친 XXX XX야….

명절에 만나서 조용히 소주나 한잔하자.

아웃~!

Dear. Friend 5

친구야…. 그게 그렇게 어려운 부탁이냐?

명절 전날 2시간 정도 같이 있어 달라는 게 그게 그리도 어려운 부탁이냐?

그리고, 친구야…. 나 진짜…. 바빠….

바쁜 와중에도 틈틈이 너에게 이메일 보내고, 결재할 거 결재하고, 다른 이메일 회신도 하고 거래처 사장들이랑 통화도 하고 그러고 있다.

그리고 그 바쁜 와중에도 너희 회사 홈페이지에서 회원 가입했다. 하하하.

이런 걸 멀티 플레이어라고 하지.

이렇게 바쁘니깐 자네 전화도 못 받는 걸세.

역시 대기업이라 홈페이지도 세련되게 잘되어 있네.

게시판에 글을 쓰려면 회원가입을 해야 하더라고.

거기 고객의 소리나 문의 게시판에 우리가 주고받은 메일 전문을 올릴까 해.

제목:
○○ 전자 경영지원실 박 ○○ 과장님께 드리는 발기력
대결 제안.
아니면 경영지원실 박 ○○ 과장님의 이중생활?

뭐가 마음에 드냐?
그냥 명절날 2시간 정도만 시간 내면 될 것을, 왜 일을 어렵게 만드냐.
넌 항상 그래…. 항상 일을 어렵게 만들어….
아, 참. 네가 성수하고 명신이한테 메일 전달한 거 맞더라.
난 안 보낼 줄 알았거든…. 걔네들 카톡 왔어…. 나한테….

Hey~! Brother~!
너는 계획이 다 있구나.
이긴 놈이 그날 룸살롱 내는 거다. 하하하.

– 성수 카톡

나 구경하고 싶다.
아직도 발기가 되는지…. 하하.

– 명신이 카톡

명절 연휴 때 보자고.

기대되네…. 친구…. 하하하.

포스가 함께하기를.

RE: Dear. Friend 5

친구야…. 미안하다….

아니, 사죄한다….

사실…. 내가 그날 양은주전자를 먼저 잡은 건 그걸 알았기 때문이었다.

생각해 봐….

너는 나보다 좀 더 잘생겼고, 공부야 너나 나나 거기서 거기였지만, 내가 좋아하는 영어를 항상 네가 더 잘했단 말이지….

그리고 난 한 명도 없는 여동생이 넌 두 명이나 있고….

넌 거의 전체적으로 나보다 좀 더 나은 녀석이었어…. 뭐든지….

그래서…. 내가 그거 하나…. 그런 거 한 개 정도의 우월감은 가지고 싶었다. 그거 하나 지켜주지 않으련?

명절에 우리 넷이 다 같이 모여서 거하게 소주 한잔하자. 내가 사마. 하하하!

아웃~!

p.s: 넌 정말 XXX야…. 하하하.

Dear. Friend 6

미안하다…. 친구야…. 할 말이 없다. 그랬구나….

너 나보다 잘난 거 많거든?

내가 영어는 너보다 잘했지만, 넌 내가 잘하고 싶어 하는 수학을 잘 했잖아.

그리고 넌 내게 없는 형과 누나가 있잖아.

난 그게 정말 부러웠다.

명절에 다 같이 소주 한잔하자.

예전처럼.

그리고 모든 얘기는 무덤까지 가지고 가주마…. 걱정하지 마라…. 하하하.

그리고 말한 대로 술은 네가 사라.

포스가 함께하기를.

p.s: 나 XXX 맞는 거 같음…. 하하하.

Yesterday 5

꼭 말로 세세하게 가르쳐주어야 안다면,
그건 가르쳐주어도 모른다는 얘기나 마찬가지다.
일도, 사랑도… 안 되는 것은 안 되는 것.

저녁을 보내는 근사한 방법

건조한 저녁

주말 저녁 호수공원 너머 김포 강변도로에 가로등이 켜지고 그 지평선 너머로 붉게 물든 노을이 한창일 때면 왠지 집에 있기가 싫어진다.

어디 한자리에 진득하게 있어 보기는 한 건지…. 이건 정말 병이다.

그런 생각이 들자마자 금세 옷을 대충 입고 나와서는 딱히 오라는 곳도, 갈 곳도 없어 보이지만 왠지 바빠 보이는 동네 불한당처럼 이리저리 인근을 헤매다가는 결국 '류'에 와있는 것이다.

이건 분명 큰 질병임이 틀림없다.

저녁을 보내는 근사한 방법이 이런 것일까?

오일 파스타를 주문하니 술은 와인을 마시란다.

주말 저녁에 이자카야에서 중년 아저씨 혼자 앉아서 파스타에 와인을 마신다? 그게 그림이 나오나?

대답도 귀찮아서 "그냥 소주나 줘."라고 하고 말았다.

그러는 사이, 행복해 보이는 커플들이 들어와 자리를 하나씩 채워간다.

사람들이 요새 '소확행', '소확행' 하길래 뭔가 했더니만 '소소하지만 확실한 행복'을 줄여서 그렇게 부른단다.

그렇다면 소소하지도 않고 확실하지도 않고 행복하지도 않은 시간은 어떻게 불러야 하나….

그런 생각이 들자 나도 누군가 생각나는 사람이 있는지 생각해 봤다.

주말 저녁에 누군가와 같이 오붓하게 함께할 수 있는 사람이 있는지를 생각해 보다가 딱히 생각나는 사람도 떠오르지 않고, 생각나는 사람이 없다는 것은 나의 문제라는 생각이 들 때 즈음에는 우울한 생각만 든다.

반병밖에 마시지 않았는데, 나름 주말이라 혼자라도 근사한 분위기를 가져 보려 했는데, 기분이 그저 처량해지려 한다.

이제 그만 일어나자.

"상처 입은 새들에게 안식처란 없다." 갑자기 이 말이 왜 생각나는지….

저녁을 보내는 근사한 방법

눈으로 말해요

언제가 될지 모를 나의 죽음에 대한 짤막한 소회를 적었다.

사랑하는 아들.

사랑하는 딸.

혹시나 예전에 아빠가 술기운에 아니면 어느 욱하는 날, 성질 급한 마음이 앞서서 유언을 미리 아주 진중하고 품격 있게 남기려고 노력했는데 말이다.

그런 건 다 잊어버리려무나.

아빠가 굳이 시간을 들여서 이렇게 설명하는 이유는, 이전의 그런 헛소리들은 마치 『레미제라블』에 등장하는 테나르디에 부부처럼 악취 나는 더러움으로 인해 품격도 없는 데다가 비열하기까지 한 어느 이름 모를 잉여 인간들처럼, 그저 금화 몇 푼만 주면 그 어떤 죄악도 행할 수 있는 또 그로 인하여 어떤 죄악에도 아주 떳떳하게 스스로에게 면죄부를 줘버리는 쓰레기 같은 인간들이 결국 마지막에는 자기들의 인생이 꽤 품격 있고 고고한 삶이었다는 것으로 인생 전체를 스스로

분칠해버리는 가식적 인간으로 마지막을 토해내고 싶지는 않아서이
다.

　진정한 유언은 이것이다.
　삶과 죽음이라는 경계 말이다. 그거 별 차이 없는 것 같다.
　어디서 어떻게든 왔다가 온 곳이 있으니 가는 곳도 있는 게 당연지
사다.
　우리 각자가 각자의 삶을 의미 있게 꾸려나가면 되는 것이다.
　아빠가 죽으면 잘 좀 태워 줘라.
　어디에 담지도, 묻지도 말아라.
　다 부질없는 일이다. 그냥 바람에 날려 줘라.
　아빠는 어느 들판의 들꽃처럼 살고 싶었다.
　그냥 그 특별할 것 없는 흔하디흔한 들꽃들.
　그런데 그렇게 살기도 참 쉽지가 않더구나.
　특별할 것도 없는 그저 그 흔한 들꽃처럼도 말이다.
　바다든, 강이든 상관없다.
　너희들 편할 대로 해라,
　바람이 많이 부는 날이면 좋겠다.
　난 참 운이 좋은 사람이다.
　너희랑 함께할 수 있어서 고마웠다. 너희들과 살면서 무척이나 행
복했고, 또 아주 많이 미안했다.
　다 정리하고 얼마라도 남으면 사이좋게 정확히 반으로 나눠서 가져
라.

뭐, 얼마 남을 것 같지는 않지만 말이다.

아빠라는 인간이 뭐 하나 남겨 놓은 것도 없다고 원망하고 욕해도 괜찮다.

어차피 이제 난 없으니깐. 하하하.

사람 마음 다 그런 거지~

섭섭한 마음도 있을 건데, 아빠도 다 이해한다.

다음 생에는 재벌 부모에게 잉태되렴.

엄마한테 잘하고 지금처럼… 다시 태어난다면 새가 되어서 태어나고 싶구나.

p.s: 참, 보험금은 조금 나올 거다. ○○해상이다.

뭐, 사고 싶었던 거 몇 개 정도는 살 수 있을 거다.

그리고 상조는 ○○○ 라이프 상조에 가입되어 있다. 참고 바란다.

그리고 참 후회되는 게 하나가 있는데 말이다.

너희들 어릴 적에 아빠는 항상 너희들이 잠든 늦은 새벽 시간에 퇴근했다. 퇴근해서 첫 번째로 한 일은 아들, 딸 방에 들러서 "사랑한다."라는 말을 귓가에 해 주고 뽀뽀해 주고 방에서 나왔었는데, 지금 생각해 보니 직접 눈을 보면서 사랑한다고 말해줄 걸 그랬구나.

아빠는 결혼하는 후배들에게 이렇게 조언해 준단다.

"만약 너희들이 결혼해서 아이를 낳는다면 우리 아들, 딸 같은 아이들을 기르는 행운을 누리기를 바란다."라고 말이다.

Yesterday 6

내가 인생 50년을 살고 나서 하나 얻은 게 있다.

그건 결코 사람에게 기대라는 것을 하지 말라는 것이다.

나는 가끔은 외롭기도 하고 쓸데없이 냉소적이 되기도 하지만, 그저 여태껏 살아 온 것처럼 살면 된다는 일상적이고 지극히 형식적으로 식상한 어설픈 위로 같지도 않은 위로, 그리고 그다지 도움도 안되는 자기연민만 마주하며 살고 있다.

살아보니 모든 사람 중에서 단 한 사람도 만만한 사람, 같은 사람한 명 없더라.

비슷한 인상이나 비슷한 느낌이라 저 사람도 그럴 것 같다는 예측은 보기 좋게 매번 빗나간다. 그게 세상 이치 같다.

그리고 내 인생은 매일이 초행길 같다.

왜 시간은 항상 어두운 밤이고 계절은 항상 겨울이더냐.

이 겨울밤, 몸이 춥다면 무엇을 더 입겠지만, 마음이 추운 건 태양을 끌어안아도 소용없을 듯하다.

저녁을 보내는 근사한 방법

Dear. 그대

하루 중에서 제가 제일 좋아하는 시간은 퇴근길 도롯가에 가로등
이 켜지는 시간입니다.

저 지평선 너머 어딘가에서 태양이 아직 기를 쓰고 몸부림치고 있
을 때, 하늘 높은 쪽에서는 밤이라 불리는 어둠이 부드럽고 짙은 벨
벳처럼 살며시 내려앉고 있습니다.

일하느라 건조하기만 한 하루 중에서 그래도 제일 따뜻하게 느껴지
는 시간이거든요.

나는 매일 가로등이 켜질 때면 무언가를 생각하려 합니다.

내가 놓치고 있는 게 무얼까? 장자로서 기억해야 할 날들, 그리고
순간적으로 듣고 싶은 음악들, 문득 오랫동안 관계가 소원해졌다가
이제서야 생각나는 지인들.

그런데 오늘 집으로 돌아가는 퇴근길에 가로등이 켜지는데, 그 순
간 갑자기 당신이 떠올랐어요.

그래서 운전하면서 그 가로등이 켜지는 걸 찍었어요.

그리곤 당신을 생각하며 루이스 반 디지크 트리오의 〈A Lovely Way To Spend An Evening(저녁을 보내는 근사한 방법)〉이라는 멋진 재즈 연주곡을 들으며 집으로 향했습니다.

아무래도 지난 주말에, 기억하기 힘들지만 내게는 수백 년 전인 것 같은, 누군가에게 잘 쉬었냐는 주말 안부 인사를 받은 고마운 기억 때문인가 봅니다.

오늘 밤은 통화하지 말아요

"승객 여러분. 잠시 후면 여러분의 목적지 제주 국제공항에 착륙합니다. 현재 제주의 날씨는 따뜻한 편이고 온도는 영상 23도로 매우 화창합니다. 이곳 제주의 시각은 오전 8시 30분입니다. 활주로 사정으로 10분 정도 지연된 점 양해 부탁드립니다. 테이블이나 등받이는 제자리로 하여 주시고 안전벨트를 착용하시기 바랍니다. 항공기가 완전히 멈출 때까지 자리를 이동하지 마시고 기내에 두고 가신 물건이 없도록 확인하여 주시기 바랍니다. 저희 아시아나항공을 이용하여 주신 승객 여러분께 진심으로 감사드리며 다시 뵙기를 바랍니다. 즐거운 여행 되시기를 바랍니다. 감사합니다. 레이디스 앤 젠틀맨…"

벌써 도착했는지 기장의 착륙 기내 방송이 흘러나오고 있었다.

그렇게 멈출 때까지 가만히 있으라 해도 이미 사람들은 안전벨트를 풀어 짐들을 정리하기 시작했다. 나는 간단한 서류 가방밖에 없어서 금세 출구를 나와 연동으로 가는 택시를 잡았다. 연동에서 9시 미팅이었다.

공항 인근이라 그런지 미팅 장소에 금세 도착하여 도착했다는 전화를 걸고는 엘리베이터를 탔다. 3층이었다. 노크하고 사무실에 들어서니 강 부장이 환하게 맞아주었다. 제주에서의 미팅을 아침 일찍 잡아서 미안하다는 말과 함께 차를 내어 왔다. 며칠 전 내가 미리 이메일로 보낸 서류의 출력물을 들고 와서는 약 한 시간 정도 회의를 하였다. 뭐 서로 확인할 내용은 얼추 다 확인해서 업무 협약서 2부에 서로 날인하고 1부씩 나눠 가졌다. 서로 사업 일정만 협의하고 다다음 주에나 서울에서 정식 계약서를 날인하자고 하였다. 미팅을 마치니 10시 10분이었다.

점심을 먹기에는 너무 이른 시간이라 강 부장과 서로 개인사를 조금 이야기하다가 오늘은 그냥 올라가겠다고 하고는 악수를 하고 헤어졌다.

다시 택시를 타고 공항으로 향했다. 마침 11시에 부산으로 가는 항공편이 있어서 나는 부산의 정 지점장님에게 전화했다. 오후 1시경에 볼 수 있냐는 내 질문에 괜찮다고 했다. 며칠 전 오늘 제주 미팅 때문에 오후에 부산으로 갈 수도 있다고는 했었다. 점심은 먹고 갈 거라고 미리 이야기했다. 12시가 안 되어 김해공항에 도착해서 공항 식당가에서 가락국수를 한 그릇 사 먹고 연산동으로 가는 공항 리무진을 탔다. 시간에 잘 맞추어 은행에 도착해서는 정 지점장님을 만났다.

광안리에서 추진 중인 사업계획서를 주고는 투자자들의 자기자본률을 조율하고 조건과 금리 등에 관해서도 대화를 나누었다. 정 지점장님은 오래간만에 만났는데 소주도 한 잔 못하고 그냥 가는 아쉬움

저녁을 보내는 근사한 방법

을 이야기했다.

다시 택시를 타고 부산역으로 향했다. 6시까지 여의도로 가려면 그리 여유가 있지는 않았다. 3시 5분에 출발하는 서울역행 KTX에 올랐다.

조금 피곤함이 느껴졌다. 서울역에 5시 40분에 도착하여 택시를 타니, 6시 조금 넘어서 국회의사당 앞에 도착했다. 만나기로 한 선배의 사무실로 올라갔다. 선배와 세 번 정도는 본 것 같은 선배의 후배와도 같이 간단한 회의를 마치고 7시가 조금 넘어서 저녁 겸 소주 한잔하자는 선배 일행과 같이 사무실 근처 삼겹살집에 갔다. 술안주에는 역시 인생사 이야기가 제격이었다….

밤의 도롯가는 부드러운 봄바람과 사연 하나 없을 것 같은 사람들로 북적거렸다. 조촐한 술자리를 마치고 집에 돌아오는 길에 본 달빛과 가로등 불빛이 너무 예뻤다. 슈퍼문이다.

그래서인지, 문득 그 사람이 떠올랐다.

조수석에 앉아 커다란 달빛 사이로 가로등들이 스쳐 지나가는 걸보며 그 사람에게 문자를 보냈다.

"여의도에서 택시를 타고 가는 길에 차 안의 라디오에서 비틀스의 〈till there was you(당신이 있어 주어서)〉라는 팝송이 흐르기에 문득 당신이 생각나서 이렇게 문자를 보내요. 늦은 밤인지 전구색 가로등들이 도롯가에 줄지어서 멋지게 켜져 있네요. 오늘따라 달빛도 크고 밝고 또 아름답게 비추네요. 당신을 생각하며 집으로 가는 길이 참 근사한 밤이에요. 오늘 밤은 통화하지 말아요. 그냥 난 이 순간을 만

끽할래요. 잘 자요~!"

이렇게 하여 또 한 번의 밤은 흘러간다.

#그대

#그대라는 사람

#가로등

저녁을 보내는 근사한 방법

보이는 것과 보이지 않는 것들-금성

초저녁 무렵, 가로등이 켜지고 하늘에 깊은 색채의 부드러운 벨벳처럼 어둠이 내려앉으면 서쪽 하늘에서 유난히도 반짝이는 행성이 있다. 유난히도 반짝거려서 굳이 어렵게 찾을 필요도 없다.

그것은 금성이다.

금성은 지구에서 볼 때 태양, 달 다음으로 세 번째로 밝은 천체이다. 어차피 금성은 스스로 빛을 내는 별이 아니라 태양 빛을 받아 반사된 빛을 우리 지구에 보내는 것이라 가장 가까운 지구에서는 가장 빛나 보일 수 있다.

금성은 초저녁 무렵에 서쪽 하늘에서 가장 먼저 나타난다.

반대로 새벽녘 동쪽 하늘에서는 그 어떤 행성이나 별보다 늦게까지 보이기도 한다. 금성이 가장 밝은 곳에 있을 때는 대낮에도 맨눈으로 볼 수 있다. 새벽에 동쪽 하늘에서 보이는 금성을 '샛별', 저녁에 서쪽 하늘에서 보이는 금성을 '저녁별'이나 '개밥바라기'라고 부른다.

금성은 보이는 위치에 따라서 그 이름이 다르다.

저녁을 보내는 근사한 방법

요즘처럼 저녁 하늘에 보이는 금성은 개밥바라기라고 한다.

개밥바라기는 '개의 밥그릇'이란 뜻으로, 우리 선조들이 키우던 개가 저녁밥을 기다릴 무렵에 보이는 별이라고 해서 붙여진 이름이다.

우리 선조들의 해학과 위트에 절로 웃음이 지어진다.

샛별은 새벽에 동쪽 하늘에서 보이는 금성을 가리키는 말이다.

옛사람들은 금성을 새벽을 여는 별로 여겼기 때문이다.

서양에서는 금성을 미의 여신인 비너스로 불렀다.

터키에서는 목동별이라고 부르는데, 그 이유는 목동들이 금성이 뜰 때 즈음 일어나서 양을 끌고 고원으로 올라갔다가 해가 넘어가고 다시 금성이 떠오르면 집으로 돌아가서 휴식을 취했다고 해서 목동별이라고 불렀다고 한다.

터키 목동들에게는 알람시계나 다름없다.

도시의 하늘에서도 저녁나절의 금성은 뚜렷하게 밝게 보인다.

이렇게 낭만적인 애칭들로 불리는 금성이라 할지라도 우리 인간은 절대 금성에서 살 수는 없을 것이다.

금성의 환경은 그리 녹록지 않다.

금성은 주로 농축된 황산 입자로 된 두께 15㎞ 정도의 구름층으로 완전히 둘러싸여 있다.

금성의 대기 구성은 지구와 아주 다르다.

탐사선에 의한 측정 결과는 대기 구성 물질의 96% 이상이 이산화탄소로 이루어져 있으며, 두꺼운 구름층과 함께 짙은 대기가 태양 에너지를 효과적으로 흡수하기 때문에 금성의 표면 온도는 약 섭씨 460℃에 달한다고 한다.

금성 내부 안은 온통 황산, 이산화탄소 등으로 뒤덮여 있다.

또한, 구름 자체가 상당한 고농축 황산으로 이뤄져 있어서 금성에서는 황산 비가 내리게 되는데, 이 황산 비는 내리다가 지표면의 뜨거운 열기로 끝내 땅에 닿지 못하고 다시 증발하여 다시 쏟아지는 것을 계속 반복한다.

결론은 우리 인간은 그 유난히도 빛나는 아름다운 금성에서 단 1초도 살 수 없다는 사실이다.

아니, 금성의 대지에 서기도 전에 금성 대기권에 진입하는 순간 어떤 물체든 흔적도 없이 녹아 없어져 버릴 것이다.

지옥이 존재한다면 그건 바로 금성일 것이다.

금성의 이런 보이는 것과 보이지 않는 것들을 생각하자니 찰리 채플린의 명언이 생각이 난다.

"사람의 인생은 멀리서 보면 희극이지만 가까이에서 보면 비극이다."

이 말이 오늘 저녁 금성을 보며 떠올랐다.

나이가 이제 50에 들어서니 이제 나도 세상 살면서 겉보기에 아름다운 존재가 보이지 않는 부분까지도 아름다운 것은 아니라는 것쯤은 알게 되었다. 이젠 내면의 아름다움도 보이는 나이가 되어 가는가 보다.

저녁을 보내는 근사한 방법

한국 남자들

언젠가 입영을 앞둔 아들 녀석이 몸이 안 좋다고 하길래 데리고(거의 모시고) 병원에 간 적이 있다.

나보다도 더 건강해 보이고 멀쩡하기가 이를 데 없는, 차가 막힌다고 연신 투덜거리는 아들 녀석과 병원 주차장 입구에 들어섰다. "주차를 어디에 하면 되지…." 하며 주차 공간을 찾고 있는데…. 눈앞에 구급차 전용 구역이 눈에 보였다.

음…. 역시 병원이라 그렇군.

그다음은 택시 전용.

그다음은 버스 전용.

음….

좀 더 가봐야 하는 건가 보다.

이제 주차 자리가 있을까 하며 속도를 늦추었다.

눈앞에 보이는 사인물.

조업 차량 전용.

장애인 전용.

임산부 전용.

아…. 그렇지…. 다 우선순위가 있는 거지.

여성 전용.

계속 지나갔다….

이제 나오려나.

경차 전용…. 아, 놔….

대한민국에서 남자로 살아간다는 건 정말 쉽지 않은 일 같다.

남자는 무조건 강해야 하니까. 외롭다고 해서도 안 되고, "남자가 그것도 못 해?"라는 말을 듣기도 싫으니 무언가를 못 한다는 고백을 해서도 안 되고 얼굴 한번 못 본 어느 농사꾼의 노고를 위하여 밥상머리에서 밥을 한 톨이라도 남기면 그날은 아버지의 호통을 감수해야 했다.

넘어져 아파서 울기라도 하는 날에는 남자가 울면 안 된다는 이상한 사회적 관념으로 아파도 꾸역꾸역 참아냈던 눈물들은 그 얼마나 되겠는가.

또, 누군가가 작사한 노래처럼 할 일은 태산이고 몸은 힘들어 죽겠는데 힘든 모습 보이지 말고 돈 벌러 나가라는, "아빠~! 힘내세요, 우리가 있잖아요."라는 현관 앞 자식들의 응원가를 들으며 출근하는 한국 남자들….

정말 그 노래를 들으며 출근하면 힘이 날까?

저녁을 보내는 근사한 방법

어느 겨울날 책을 읽는데 눈에 띄는 글귀가 있었다.

"너무 많이 고민하지 마세요. 그냥 한 번뿐인 인생, 내가 좋아하는 거 많이 하면서 살아봐요."

나는 그 글귀가 너무 마음에 와닿아 노란색 형광펜으로 밑줄을 치고 한참 동안 곰곰이 생각에 빠졌다.

내가 좋아하는 것….

내가 하고 싶은 일들….

한 번뿐인 내 인생….

뭐가 있을까 생각하는데, 불현듯 마무리하지 못한 사업계획서가 생각났다.

그리고 보내 주기로 한 엑셀 자료도 생각이 났다.

딸아이 등록금을 보내라는 애들 엄마의 문자도 생각이 났다.

아, 놔….

이건 정말이지 병임이 틀림이 없다.

하하하.

고마워요, 내 사랑

사랑하는 연인에게 편지를 쓰는데, 썼다가, 찢었다가, 썼다가, 찢었다가를 반복하며 밤에 쓴 편지를 부치지 않아서 아침에 읽다가 얼굴이 붉어져 다시 찢어버리고. 이렇게 해서 3일 정도에 걸쳐서 쓴 편지가 있다.

추신 란에는 "내 온 마음을 담아."라는 걸 잊지 않고 쓰고 그 편지를 만지작거리며 고민한 끝에 정성스럽게 우표를 붙여서 망설이며 우체통에 넣기까지 3일, 그 연인에게 도착하는 데 3일, 그렇게 하여 여러 날을 통해 내 마음을 전달하기까지 거의 9~10일이 걸렸다.

그렇게 해서 그녀를 만나면 헤어짐의 시간은 왜 그리도 광속과 같이 빨리 오는지. 그녀가 타야 하는 버스를 정류장에서 기다리며 저기 먼발치에서 그녀가 타야 하는 버스가 보이면 "다음 버스 타면 안 돼요?" 그렇게 다음, 다음, 다음 버스들을 보내기를 몇 번. 더 이상 늦출 수 없는 시간이 다가와 그녀가 버스에 오르면 그렇게 보내면 안 되겠다는 어떤 필사적인 마음에선지 나도 같이 버스에 오른다.

무심한 버스는 그녀의 집으로 달려간다. 손을 잡는 것만 해도 여러

저녁을 보내는 근사한 방법

날이 걸렸던 시절, 그때 그녀의 손을 꼭 잡고 있던 내 손은 그녀가 내려야 할 정류장이 가까워져 올수록 힘이 더 쥐어지고 땀이 더 났다.

버스가 서고 그녀와 같이 내려 그녀의 집으로 향하는 길에는 우리는 오히려 말이 없어진다.

발걸음은 점점 느려지고, 이윽고 발걸음은 정지한다.

"그만 들어가요. 다 왔어요."

"조금만 더요. 아니, 동네 한 바퀴만 더 돌아요. 그리고 갈게요."

그렇게 동네를 몇 바퀴를 더 돌았을까.

난 어둠 속에서 그녀의 뒷모습이 보이지 않을 때까지 바라보다가 더 이상 보이지 않으면 바쁜 마음에 총총걸음으로 한없는 아쉬움에 휩싸여 혹시나 그녀가 다음 편지를 못 받지는 않을까 하는 불안감도 느낀다. 막차 버스를 타고 돌아오는 내내 벌써 자정이 가까워졌는지 버스 안 라디오에서는 당시 내가 그토록 즐겨들었던 〈별이 빛나는 밤에〉의 시그널 뮤직인 프랑크 포르셀(Frank Pourcel)의 〈Merci Cherie〉*가 흘러나왔다. 집으로 가는 길은 여전히 길고 멀게만 느껴졌다. 왜 내가 사랑을 하던 시절에는 스마트폰이 없었을까. 왜 내 마음을 전달할 길이 손편지밖에 없었을까.

과연 그런 시절이 있었을까.

이제는 까마득하며 존재하지 않았던 시절처럼 느껴진다.

그런데 오늘 문득 그리워지는 건 그대일까, 그때일까.

---

* 'cherie'는 프랑스어로 '체리'라는 뜻보다 연인 사이에 주로 사용하는 말로 '귀여운 사람', '애인'이라는 뜻으로 사용하는 말이다.
'merci'는 '고맙다', '감사하다'는 뜻이다.
즉, 'merci cherie'는 'thank you darling(고마워요, 내 사랑)'이라는 뜻이다.

저녁을 보내는 근사한 방법

Yesterday 7

어떤 땐 내가 어떤 마음으로 살아가는지, 내 마음이 어느 방향으로
흐르고 있는지도 모를 때가 있어….
나도 내 마음을 모를 때, 얼마나 답답한지….
이럴 땐 어떻게 해야 할까….
어떻게 해야 하나….
내가 가고자 했던 목적지에서 내가 차츰 멀어져 가는 것을 느낄
때, 바로 그때 우울함이 스멀거린다.

저녁을 보내는 근사한 방법

불을 켜 놓으세요

매일 아침 출근할 때는 거실의 등을 켜놓고 침실의 라디오를 켜고 나와요. 그래야 어두워진 저녁에 집에 들어갔을 때 누군가라도 있는 것 같은 기분이 들거든요. 마치 누군가가 나와 저녁을 먹기 위해서 두부를 듬뿍 넣은 구수한 된장찌개를 해놓고 기다리고 있는 것 같은 착각을 잠깐이라도 하기 위해서. 그런데 모순된 것은 집에 들어갈 때 어두운 게 싫어서 등을 켜놓고 나오긴 하지만, 정작 집에 들어가서는 혼자 있는 환한 거실이 불편해져서는 모든 등을 끄고는 아주 작은 스탠드만 다시 켭니다.

혼자 있는데 환하면 불편하거든요.

그리고 작은 소리라도 라디오에서 웅얼웅얼하면 마치 누구라도 있는 것 같거든요.

그러다 어떤 날에는(주로 한잔 걸친 날) 문을 열고 들어가며 혼잣말을 하기도 합니다.

"나 왔어요."라고요.

그렇다고 해서 꼭 누군가가 필요하다는 건 아니에요.

그런 거 있잖아요.

냉장고를 열어 보니 이것저것 가득 차 있기는 한데 정작 먹을 거 하나 없는 것 같은.

그런 거 있잖아요.

외로움이라는 것 말입니다.

난 둘이 있어도 외롭다는 걸 이미 알고 있거든요.

차라리 어떤 때는 혼자라는 것이 더 나을지도 몰라요.

최소한 상처 받을 일은 없으니.

언제나 나를 반갑게 기다려 주는 건 또 다른 나.

저녁을 보내는 근ㅅ

종교 전쟁

어릴 적, 명절날 어둠이 내려앉을 때 우리 집 툇마루에서는 종교 전쟁의 서막이 올랐다.

우리 할아버지께서는 종교는 아니지만, 유교 사상에 몰입한 시골 중학교 교장 선생님 출신이셨고, 나의 할머니께서는 시골 지역의 유명한 무당이셨다. 고등학교 국어 선생님이셨던 아버지는 무슨 날만 되면 절에 찾아가시는 독실한 불교 신자이셨고, 우리 어머니는 외갓집이 아주 오래된 천주교 집안의 장녀로 뼛속까지 천주교인이셨다.

큰아버지는 충주에 있는 큰 교회의 장로님이셨고, 별스럽게도 작은아버지는 젊은 시절 사우디아라비아에서 해외 근로자 생활을 하신 이유인지, 아니면 무엇 때문인지 정확히는 몰라도 알라신을 믿는 이슬람교도이셨다(난 어린 시절 알라가 뭔지도 몰라서 작은아버지가 술자리에서 자꾸 '알라!', '알라!'를 외치실 때면 당시 일요일 낮 MBC 권투에서 자주 보았던 미국의 유명한 권투선수인 무하마드 알리를 왜 그리 이야기하시는지 의아해했었다). 암튼 작은아버지는 명절날 시골집에 오셔서 나를 볼 때마다

"앗 쌀람 알리쿰." 뭐 이런 이상한 소리를 하시며 내 머리를 쓰다듬어 주시고 이따금 규칙적으로 나침반을 들고 작은 카펫을 펼친 뒤 자리를 잡고는 어딘가를 향해 절을 하시고 기도문을 읊조리시는 광경도 자주 볼 수 있었다.

그리고 큰고모는 언뜻 들으면 불교와 관련이 있을 법하지만, 불교와는 전혀 상관이 없는 원불교 신자이셨고, 큰고모부는 익산에 있는 작은 교회의 장로님이셨다. 둘째 고모는 기독교에 뿌리를 둔 통일교 신자이셨는데 둘째 고모부도 통일교에서 치른, 뉴스에도 크게 나온 대형 합동결혼식으로 만나 결혼한 통일교 신자이셨다.

그리고 마지막으로 막내 고모는 무신론자이셨다(막내 고모의 표현에 의하면 그냥 '무신론자'가 아니라 '전투적 무신론자'로 불리기를 원하셨다. 난 무신론자가 뭔지도 모를 때였지만 말이다).

그러니까 정리해 보자면 유교 사상 신봉자 1명, 무속인 1명, 기독교 2명, 불교 1명, 천주교 1명, 원불교 1명, 이슬람교 1명, 통일교 2명, 무신론자 1명 정도가 명절날 종교 전쟁의 정예 멤버였다.

오랜만에 친척들이 모인 시골집 툇마루에서는 화기애애하고 훈훈했던 낮의 분위기는 온데간데없어지고 여자들이 저녁 식사 준비를 하며 미리 안줏거리를 내어와 술을 마시는 분위기가 시작될 무렵, 집에서 담근 매실주를 반병 정도 드셨을 즈음에는 종교 전쟁의 서막을 울리는 우리 아버지의 한마디가 있었다.

"거, 예수는 요즘 어디서 뭐 한답디까?"

아버지의 그 한마디를 시작으로 그야말로 툇마루 온 사방에 피가 아닌 침이 튀기는 종교 전쟁이 시작되는 것이다. 그 한마디에 발끈하

저녁을 보내는 근사한 방법

신 큰아버지는 우리 아버지에게 손에 들고 계신 두꺼운 성경책을 던지실 기세의 큰소리로 부처가 인간에게 준 게 뭐냐느니, 예수님의 사랑으로 너를 용서한다고 하시며 목에 걸고 계셨던 십자가를 꺼내어 우리 아버지에게 향해 무슨 기도문 같은 것을 중얼거리셨다. 다른 한 쪽에서는 "사탄아, 물럿거라." 하며 어쩌고저쩌고하는 목소리가 들렸다. 갑자기 튀어나온 막내 고모는 있지도 않은 신들로 가장 피해를 본 건 인류라고 고성을 지르며 전투적 무신론자의 인류애를 보여 주셨다. 사뭇 보고 있자면 각 종교를 대표하는 종단의 원로들 11명이 힘을 겨루는 형국이었다. 고함은 말할 것도 없고 중간 중간에 묵주와 함께 성호를 긋는 사람, 염주로는 기세가 안 되셨는지 방에 들어가서 목탁을 들고나오신 아버지는 "마하반야 바라밀다심경 관자재보살 행심반야 바라밀다시…" 이런 반야심경을 동네가 떠나가라 외치시며 목탁이 부서져라 두들기셨다. 그리고 어디선가 나타나 갑자기 작은 카펫을 펄럭거리며 바닥에 펴시고는 나침반을 들어 위치를 잡고 기도하는 작은 아버지도 보였다. "알라신이시여~! 이들을 용서하소서… 무함마드… 알라, 알라… 랍바나~ 아~ 티나 핏둔야~ 하사나탄 와필 아~ 키라티 하사나탄 와 끼나~ 아다반나르." 이런 알아들을 수도 없는 기도 소리와 함께 소란은 사그라지지 않았다. 결국 이 아수라장의 클라이맥스는 자정을 넘기는 시간까지 이어졌다. 이 종교 전쟁을 조용히 그리고 지그시 눈을 감고 지켜보셨던 무당이신 우리 할머니께서 한복 소맷자락 안에서 꺼낸 몇 장의 빨간 글씨가 선명히 새겨진 노란 부적을 태우시며 밤하늘로 날리시고 이 종교 전쟁을 종식하는 주문을 외우는 주술이 시작되고 할머니가 손에 들고 계신 무시무시한 삼지창과 방울들을 흔들어대는 거의 한바탕 굿판에 가까운 의식을 치르면 그 전쟁은 거의 종전 선언 단계에 이르렀다. 하하하.

그러곤 아침이면 언제 그랬냐는 듯 각 종단의 대표들은 어젯밤 그 살벌한 전쟁을 치렀던 툇마루에 옹기종기 모여 앉아 우리 할머니가 해주신 소고기뭇국을 처음 먹어보는 사람들처럼 환장하듯 맛나게 드시고는 서로 다음 명절을 기약하며 서로 악수를 하고 포옹까지 해대며 각자의 자리로 돌아갔다.

한편 나는 다들 그런 경험들이 있겠지만, 초등학교 시절에는 부활절이 무슨 날인지도 모르면서 오직 삶은 달걀을 많이 먹을 수 있다는 유혹에 빠져 교회에 몇 번 나가봤고, 또 크리스마스 시즌이면 왜 선물을 주는지도 모르고 그냥 과자며 장난감 같은 것들을 준다고 하길래 열심히 교회에 나갔던 기억이 있다. 그리고 중학교에 올라와서는 불교와 연이 닿게 되었다. 하필 1학년 담임 선생님이 거의 조계종 총무원장급의 불교 신자셨는데, 이 담임 선생님은 시험 감독으로 들어오시면 교탁 위에 올라가 부처님처럼 가부좌를 하시고는 눈을 감고 염주를 돌리시며 시험 감독을 보시는 정도였다. 선생님은 가부좌하시고 염주를 굴리시면서 커닝하려고 눈동자를 굴리는 소리가 난다며 다른 선생님은 속여도 부처님은 못 속인다고 우리에게 엄포를 놓곤 하셨다. 덕분에 강제 아닌 반강제로 중학생 3년 내내 일요일이면 송학사라는 절에 다니며 그 맛없고 나물만 무성한 절밥을 먹는 고역을 치렀다.

고등학교 때는 천주교 재단이 운영하는 학교에 배정된 영향으로 교내 성당에 자주 가야 하는 경험을 했고, 대학생이 되어서는 이런 말을 하기는 좀 그렇지만 나의 종교는 순전히 당시 만나는 여자 친구의 종교와 동일했다. 수정이를 만날 당시에는 교회를 성실하게 다녔고 재숙이를 만날 때는 조신하게 성당에 다니며 예배당 안에 스테인드글라스로 은은한 달빛이 비치는 밤이면 난 재숙이에게 오늘따라 재숙이 네 얼굴과 성모마리아 님의 얼굴이 오버랩되어 생각난다며 오밤중 성당의 예배당 안으로 끌어들였다. 인애는 불교 신자여서 반야심경을 다 외우면 키스해 주겠다는 약속을 받고 며칠간 반야심경을 달달 외운 기억이 선명하다.

군대 입영이 내 머릿속에 떠오를 나이가 되자 어디선가 '여호와의 증인'이라는 교회에 다니면 군대에 안 갈 수도 있다는 얘기를 주워듣고는 멀지만 버스를 타고 두 시간씩 몇 달을 다니다가 어릴 때부터 다닌 기록이나 증거가 없으면 군대에 가야 한다고 하여 '여호와의 증인'도 몇 달 만에 정리하였다.

그리고 제대 후 복학하여 유아교육과의 승희를 만날 때는 '남묘호랑개교'라는 이상한 사이비 종교를 믿게 되었는데, 사실 난 처음부터 '남묘호랑개교'라는 종교가 일본에서 건너온 사이비 종교라는 걸 알고 있었지만, 그래도 어쩌겠는가? 사이비종교를 믿어야 할 정도로 그녀는 예뻤다….

그러다 여자 친구가 없으니 종교도 없는 나날들도 찾아왔다.

그런 날들은 신의 죽음을 선포한(아직도 니체가 무신론자 대열에 들 수 있느냐는 학자들의 논쟁은 뒤로하고) '쇼펜하우어'의 영향을 받은 비관주의적이면서 냉소적이고 허무적인 니체에 심취했다.

그런 날들도 잠시, 종교가 없는 거의 무신론자에 가까운, 적극적이고 단호하게 신을 부정하는 무신론자라기보다는 과학적으로나 논리적으로 증명되지 않으면 긍정할 수도, 부정할 수도 없다는 입장인 불가지론자에 가까운 아내를 만나면서 나의 문란한(?) 종교 활동은 종식되었다.

그 후 어느 날 밤 우리 집 베란다에 슈퍼문이 걸리고 달빛이 너무 아름다워 다음날 마트에 들러 천체 망원경을 구입하고는 달빛이 아름다운 밤이면 클로드 드뷔시의 베르가마스크 모음곡 중 3번째 곡인 〈달빛〉을 거실에 틀어놓고는 베란다에 나가 망원경의 삼각대를 펴고 접안렌즈 안에 들어온 달을 보게 되었다. 그때 달을 보는 기분이란 왠지 사랑하는 연인에게서 사랑 고백을 받는, 말로는 형용할 수 없는 황홀한 기분이었다. 때로는 하늘이 쾌청한 겨울밤이면 목성도 보게 되는 행운도 얻게 되었다.

목성과 더불어 목성 주변의 옹기종기 둘러싸여 있는 위성들을 보는 날에는 왠지 가슴이 벅차오르는 감동 또한 더불어 얻는다. 그런 밤에는 가슴이 벅차올라 잠이 오지 않는다. 그럴 때는 광활한 우주를 서사시처럼 노래하듯 써 내려간 칼 세이건의 『코스모스』라는 책을 들고 스탠드 불빛 아래에서 밤을 지새운다.

난 사실 무신론자이다.

내가 종교가 없는 이유는 몇 가지가 있다.

우선 어린 시절 명절날 집안에서 벌어졌던 종교 전쟁이 가져다준 폐해와 어느 종교를 가나 다 거기서 거기 같았던 믿음을 종용하는 불편한 의식들 때문이다. 그리고 가장 큰 이유는 칼 세이건의 『코스모스』를 읽고 나서 비로소 신이 있어야 할 공간은 최소한 이 우주 안에

저녁을 보내는 근사한 방법

는 없다는 나만의 결론을 내렸기 때문이다.

종교가 가지는 순기능(봉사, 희생, 사회 구호 활동 등)에는 긍정적인 입장이다. 하지만 역사 속에서 전쟁으로 인한 사망자보다 종교로 인한 사망자가 훨씬 많다는 것을 종교인들은 똑똑히 기억해야 할 것이다.

물론 그렇다고 하여 내가 다른 이들의 신을 부정하고 그들의 종교를 비난하고 폄하할 마음은 추호도 없다.

그건 정말이지, 너무 소모적이고 귀찮을 정도의 논쟁거리를 가져다준다는 것을 알기 때문이다. 만약 신이 존재한다면 그 신은 지금처럼 침묵하고 아무것도 안 하는 게 존재의 가치가 될 수도 있겠다는 생각도 든다.

그들은 그들의 믿음과 신앙으로 살아가고 나는 무신론이라는 나의 신념으로 살아가면 그만이다.

가장 의심이 많은 자는 항상 그 믿음의 중심에 있는 것이니까.

론리 나이트

칵테일의 명칭은 'Lonely night'입니다. 이탈리아어로는 'Notte sola(노떼 솔라)', 하여튼 '외로운 밤'이라는 명칭의 칵테일입니다. 될 수 있으면 좀 크고 묵직한 온더록스 글라스에, 맨 밑에는 계피를 섞은 생강 청을 깔고 라임 청의 라임 슬라이스를 두 조각 정도 넣고 얼음을 글라스의 8부 정도 되도록 담아줍니다. 그리고 이왕이면 라임 탄산수를 얼음 높이까지 붓고 보드카를 커피를 드립하듯 원을 그리며 부어 줍니다. 양은 개인 취향이니 알아서…. 그리고 스틱으로 휘휘 저어주며 조금씩 음미하며 마셔 줍니다. 그렇게 조금씩 마시다가 약간 심심하다 싶으면 스틱으로 글라스 안의 라임을 눌러주고 그래도 심심하면 라임이든, 얼음이든, 탄산수든, 보드카든 추가합니다. 그러다 보면 라임 향이 살아나면서 외롭지만 그래도 그럭저럭 근사한 밤이 될 겁니다. 그러다 보면 분명 문득 누군가 생각나는 사람이 떠오를 겁니다. 그렇다면 그 사람에게 전화든, 문자든, 카톡이든 해 보세요. 'Lonely night'를 몇 잔 마셨는데, 떠오르는 사람이 당신이었다고, 그

저녁을 보내는 근사한 방법

래서 그냥 연락해 보았다고…. 그러면 그 사람도 뭐라 얘기를 하겠죠.

그렇게 'Lonely night'는 흘러가는 겁니다. 살다 보면 'Lonely night'나, 'Lovely night'나 다 같은 것이라고 느낄 겁니다. 그리고 조금 더 살다 보면 혼자 있으나, 둘이 있으나 외로운 건 마찬가지라는 것도 알게 될 것입니다. 아, 참. '론리 나이트'를 마실 때는 알프레드 브렌델이 연주하는 〈베토벤 비창 소나타 2악장〉이 어울린다는 것도 알려드리고 싶네요.

참 근사할 겁니다. '론리 나이트' 말입니다. 잘 자요~.

#Lonely night

#Lovely night

#외로운 밤

#나만의 칵테일

휴식 같은 영화
-<카모메 식당>

"슬픈 사람은 세상 어디에 있어도 슬프고 외로운 사람은
세상 어디에 있어도 외로운 거죠."

핀란드 헬싱키의 길가에 새로 생긴 카모메 식당.

핀란드라는 이국적인 환경에 일본 가정식을 요리해서 파는 식당이
생겼다.

이곳은 작지만 당차 보이는 일본인 여자 사치에가 운영하는 조그만
식당이다. 오니기리를 주메뉴로 내놓고 손님을 기다리지만, 개업한 지
한 달 동안 찾아오는 손님이 한 명도 없다. 그래도 꿋꿋하게 매일 아
침 시장에 들러 장을 보고 음식 준비를 하는 그녀. 창가를 통해 이
가게가 도대체 뭐 하는 식당인지 궁금해하며 갸우뚱해 하는 핀란드
아줌마들 몇 명 말고는 관심 가져 주는 사람 한 명 없다. 드디어 개업
한 지 한 달이 지난 어느 날 일본말을 곧잘 하는 핀란드 청년 토미가

첫 손님으로 찾아와 커피를 마시며 대뜸 〈독수리 오 형제〉의 가사를 묻자 사치에는 당황한다. 이후 서점에서 우연히 만난 일본인 여자 미도리에게 〈독수리 오 형제〉의 가사를 묻자 미도리는 냉큼 노트와 펜을 들고는 순식간에 가사를 써 준다. 그 인연으로 미도리는 한시적이나마 카모메 식당에서 사치에를 도와 일을 시작한다.

어느 날 사치에가 미도리에게 여기 핀란드까지 오게 된 경위를 묻자 미도리는 이렇게 대답한다.

"그냥 눈감고 골라잡았어요. 어디론가 멀리 떠나고 싶었거든요. 세계 지도를 펴놓고 눈을 감은 채 한 곳을 가리켰는데 그곳이 바로 핀란드였어요."

이렇듯 사치에나 미도리나 뭔가 사연은 있는 듯하지만, 각자의 깊은 사연은 이야기하지 않는다.

사치에의 고집스러운 운영 철학과 미도리의 부단한 노력 덕분에 어느 날 사치에가 만든 시나몬 롤의 향을 맡고 들어온 핀란드 아줌마들을 시작으로 카모메 식당은 하나둘씩 늘어나는 손님으로 활기를 찾는다. 공항에서 짐을 잃어버린 또 다른 일본인 여자 마사코도 등장한다. 마사코는 거의 십수 년 동안 아버지와 엄마를 간병하다가 두 분이 차례로 돌아가시자 그동안의 자신의 노고를 보상하고자 핀란드로 여행 온 것이었는데 공항에서 짐을 잃어버리고는 며칠 동안을 짐을 못 찾고 방황하다가 우연히 카모메 식당으로 흘러들어 온다.

어느 날, 항상 식당 창밖에서 식당 안을 노려보며 지나가던 핀란드 여인 리이사가 들어온다. 이미 술에 취한 채 들어온 리이사는 독한 술을 한두 잔 마시더니 이내 바닥에 쓰러져 버린다.

갑자기 가출해버린 남편이 너무 그리워 술에 절어 사는 리이사의 사연을 들은 사치에 와 미도리의 대화가 마음에 와닿는다.

"핀란드 사람들 항상 친절하고 여유 있고 풍요로워 보였는데 사람들은 다들 저마다의 슬픔을 안고 사는군요."

이렇게 미도리가 말하자 사치에가 대답한다.

"슬픈 사람은 세상 어디에 있어도 슬프고 외로운 사람은 세상 어디에 있어도 외로운 거죠."

어느 한 장면 특별할 것도 없고 뭐 대단한 장면이 나오는 것도 아닌 이 영화는 우리들 일상 같은 장면, 너무도 지극히 평범하여 눈에 띄지도 않거나 기억조차 남을 것 같지 않은 그런 장면들의 연속이다.

무한 경쟁과 목적 지향적인 현대사회의 숨 막히는 속도의 팍팍함과는 반대편에 있는 것 같은, 과하지도 부족하지도 않은 그녀들의 친절함과 미소를 보는 내내 약간의 위로를 받는 것 같았다. 그냥 뭐든 그대로가 좋은 것처럼, 몇 년이 지나도 삶이 참 팍팍하다 싶을 때면 제일 먼저 떠오르는 영화이다.

어찌 보면 우리가 그냥 무심코 스쳐 지나가는 아무것도 아닌 것 같은 오늘 같은 소소한 순간들이 가장 중요한 순간임을 알게 해 주는 영화인 것 같다.

힐링까지는 모르겠지만, 마음의 온도를 1도 이상은 올려 주는 영화임은 틀림없다.

어느 날 미도리가 사치에에게 물었다.

"세상이 끝나는 날에는 무엇을 하고 싶어요?"

저녁을 보내는 근사한 방법

사치에는 그 질문에 미리 답을 준비한 듯 이렇게 말했다.

"내가 사랑하는 모든 사람을 부를 거예요. 그리고 최고의 재료를 써서 아주 맛있는 음식을 만들 거예요. 술도 한잔하면서요. 느긋하게 즐기는 거죠."

그러자 미도리가 다시 말한다.

"세상이 끝나는 날, 저도 꼭 불러주셔야 해요."

1970년생 김민식 씨

　김민식 씨는 1970년 충남 청양군 청양읍에서 출생했다.

　부친인 김학봉 씨와 모친인 이덕례 여사 사이에서 장남으로 태어났고, 아래로는 옥자, 옥희, 옥순, 이렇게 여동생만 세 명이 있다.

　민식 씨는 워낙 천성이 착하고 성실한지라 초등학교 시절부터 이미 어머니 이덕례 여사를 도와 집 앞 텃밭에서 기르던 토마토며 각종 채소를 거둬들여 주말이면 어머니와 청양시외버스터미널 앞에 나가 노상에서 장사하고 땅거미가 질 무렵에는 팔다 남은 채소들을 들고 집으로 오는 일이 주말의 전부였다. 같은 또래 아이들처럼 신나게 놀아도 될 법한데, 민식 씨는 하루도 빠지지 않고 그렇게 어머니 이덕례 여사와 주말을 보냈다. 중학교에 들어가서는 민식 씨가 줄곧 해 왔던 주말 일을 바로 밑의 동생 옥자가 이어받아 어머니의 장사를 도와주었고, 민식 씨는 그 옆에서 구두닦이를 하며 돈을 벌었다.

　생선 궤짝의 나무를 하나하나 뜯어 허술하기 이를 데 없는 구두닦이 통을 만들고 얼마 전 군대를 제대한 사촌 형에게 구두 닦는 방법을 배워서는 주말이면 어머니와 옥자와 함께 한쪽 어깨에는 오늘 팔아야 할 과일과 채소 덩어리들을 메고, 또 다른 한쪽 어깨에는 구두닦이 통을 메고 버스터미널을 향했다.

호기심 많은 아버지 김학봉 씨는 농사꾼이었는데 지인들이나 친척들이 그래도 근근이 본전 이상은 하는 고추 농사를 하라고 그렇게 조언해도 김학봉 씨는 막무가내로 특용 작물을 고집하여 집안 형편이 이만저만 어려운 게 아니었다. 어느 해인가는 당시에는 국내에 거의 생소했던 파프리카 농사를 지어야 한다며 파프리카 농사를 시작했는데, 습도가 중요한 파프리카 농사인데도 습도가 그리 알맞지 않은 청양의 날씨 때문에 수확을 포기해야 했고, 또 언젠가는 뜬금없이 그 당시에 생소했던 블루베리를 재배한다며 그해 농사를 멋지게 말아 드셨다. 이렇듯 호기심이 가득한 건지, 모험심이 가득한 건지는 몰라도 김학봉 씨가 손댔던 작물들은 국내에서 거의 10년 후에야 인기를 끌기 시작했으니, 집안의 살림은 아랑곳하지 않는 이런 김학봉 씨는 앞서가도 너무 앞서가는 농사꾼이어서 집안 형편은 별로 나아질 기미를 보이지 않았다. 그나마 김학봉 씨의 기질을 잘 알고 조카인 김민식 씨를 예뻐하고 청양농협에서 대출 일을 봐주던 친척분이 고추 농사를 시작하지 않으면 더 이상 대출을 해 줄 수도 없고 오히려 기존의 대출을 상환해야 하는 상황이 생길지도 모른다고 여러 차례 협박을 하고 나서야 김학봉 씨는 어쩔 수 없이 정상적이고 안정적인 고추 농사를 시작하였다.

사실 김학봉 씨는 호기심이 많아 집안 살림에 도움이 안 되는 일들을 해서 그렇지, 타고난 농사꾼이었다. 새벽 4시면 일어나 밭에 가 작

물들을 일일이 확인하고 퇴비도 알맞고 정성스럽게 뿌려주는 것 외에
도 밭의 어디에 뭐가 부족한지를 귀신같이 알아내 사전에 예방하는
습관이 있었다. 또 비가 와 밭에 물이 괴일 조짐이 보이면 아침 일찍
밭 주변에 일일이 고랑을 파 비가 많이 와도 밭에 문제가 없었다. 또
한 김학봉 씨가 실력이 없어서 특수 작물의 농사를 말아 드신 건 아
니었다. 꽤 잘 크던 것들을 김학봉 씨가 어찌할 수 없는 거의 천재지
변에 가까운 날씨로 인해 다 망쳐 버린 것이었다. 그러나 모든 농사가
그러하듯이, 고추 농사라는 것 또한 만만한 일은 아니어서 다섯 식구
가 근근이 밥만 먹고 사는 정도였다.

김민식 씨는 중학교에 입학하고 나서도 어머니 이덕례 여사가 해
주는 아침을 급하게 먹고는 교복을 입은 채로 자전거를 타고 읍내에
나가 조간신문을 돌리고 학교에 제일 먼저 등교하는 학생이 되었고,
학교를 마치고 저녁이면 다시 읍내에 가서 석간신문을 돌리고, 주말
아침에는 다시 읍내로 조간신문을 돌리고 집으로 돌아와서는 구두닦
이 통을 메고 어머니와 옥자를 데리고 시외버스 터미널로 향했다.

당시에는 정부의 재정과 교육 복지가 그다지 탄탄하지는 않은 시기
여서 학교마다 자체적인 재정을 확보하기 위해 육성회비라는 제도가
있었다. 지금으로 따지자면 등록금 같은 것이었다. 민식 씨뿐만 아니
라 이제는 초등학교에 다니는 동생 옥자의 육성회비와 갖가지 학용
품, 교재 등을 준비하려면 김학봉 씨의 부단한 노력만 가지고는 해결
이 되지 않았다.

이제 곧 있으면 둘째 동생 옥희도 초등학교에 입학하는데, 그걸 생
각하는 것만으로도 어린 김민식 씨는 잠을 잘 못 이룰 정도였다.

그리고 민식 씨가 초등학교 6학년이던 때에 벌써 막냇동생인 옥순이도 태어나 김민식 씨의 마음은 더 무거워졌다.

　그렇게 중학교 3년을 보내고 김민식 씨는 고등학교 입학을 일 년을 미루었다. 김학봉 씨의 노력과 김민식 씨의 작은 노고에도 불구하고 민식 씨의 고등학교 육성회비 및 각종 학업 지출, 그리고 두 여동생의 초등학교 비용을 감당하기가 힘들어져서 민식 씨는 고등학교 입학을 미루고 일 년 동안 건설 현장에 나가 말 그대로 막노동을 하였다. 김민식 씨의 부담도 덜고 김학봉 씨의 농사도 거들 겸, 농협에 다니시는 친척분이 민식 씨의 고등학교 학비 및 재정을 지원해 준다는 도움도 마다한 채 민식 씨는 마음을 독하게 먹고 일 년 동안 열심히 일했다. 그리하여 민식 씨가 고등학교에 다닐 수 있고, 딱 옥자가 중학교, 옥희가 초등학교를 마칠 수 있는 정도의 자금을 마련하였다. 당연히 이제는 호기심을 농사로 승화시키지 않으려는 김학봉 씨의 인내와 노력도 든든한 지원이 되었다. 또한, 이제는 어머니 이덕례 여사의 주말 버스터미널행도 옥희와 막냇동생인 옥순이가 번갈아 가며 도와드리고 있었으니 그나마 김학봉 씨의 집안 분위기는 왠지 안정되어 가는 것처럼 보였다.

　민식 씨가 대학교에 입학할 즈음이었다. 그 바쁜 와중에도 공부를 꽤 잘했던 민식 씨는 서울 유수의 대학에도 충분히 입학할 수 있음에도 불구하고, 전액 장학금이 나오는 충남대 무역학과에 입학하여 여전히 주말 건설 현장 노가다 월급과 주중에는 교수님이 추천해 주신 아르바이트와 일주일에 3회 정도의 과외 선생 일로 돈을 벌었다. 그

덕분에 이제는 고등학생인 옥자, 중학생이 된 옥희 그리고 초등학생이 된 막냇동생 옥순이가 학교생활에 큰 불편함이 없게 되어 민식 씨의 대학 생활은 민식 씨의 인생 중에서 그 어느 때보다도 밝아 보였다.

문제는 민식 씨의 군대 입영 통지서가 집으로 온 날부터였다.

몇 번 미루었던 군대 입영을 이제는 미룰 수가 없게 되어 대학교 4학년이 되던 해에 휴학하고 민식 씨는 군대에 입대하게 되었다. 민식 씨가 훈련소에 입소한 지 10일째였던가….

민식 씨는 어머니, 그리고 세 여동생의 안위가 걱정되어 잠을 이룰 수 없었다. 문득 지난 주일에 군대 예배당에 갔던 생각이 떠올랐다.

민식 씨는 밤중에 몰래 침상을 빠져나와 부대 안의 예배당에 들어가 앉았다. 어둡지만 예배당 스테인드글라스를 통해 들어오는 달빛을 보며 민식 씨는 생각했다. 그나마 어머니 이덕례 여사에게 맡긴 민식 씨가 벌어놓은 돈으로 1년 정도는 버틸 수 있겠지만, 그다음 해부터는 어찌 될지, 생각만 해도 민식 씨는 눈앞이 캄캄해졌다.

다행히 옥자도 전액 장학생으로 대학교에 입학하였다. 옥자는 일과 학업을 열심히 하여 집안 살림에 도움이 될 테니 너무 걱정하지 말라는 편지를 민식 씨에게 썼지만, 민식 씨는 어머니와 여동생들이 걱정되었다. 얼마나 걱정이 되었던지 민식 씨는 어둠 속에서 그만 울고야 말았다. 울고 싶어서 우는 건 아니었지만, 민식 씨 본인도 모르게 흘러내리는 눈물을 멈출 수가 없었다. 하염없이 흐르는 눈물을 연신 닦아내며 흐느끼던 민식 씨에게 누군가가 다가왔다.

군목(군대 목사님)이셨다.

"자네…. 이 시간에…. 그런데 무슨 일이 있나? 왜 울고 있나?"

저녁을 보내는 근사한 방법

민식 씨는 말할 수 없을 정도로 멈추지 않는 눈물을 연신 닦아내었다. 목사님은 민식 씨가 눈물을 멈추고 진정할 때까지 민식 씨의 옆에 앉아 기도하는 손을 하고 조용히 기다려 주었다.

조금 잠잠해지고 진정한 다음에 민식 씨는 그 사연을 이야기했다.

그 사연을 들은 목사님은 잠깐 생각하더니 말했다.

"자네에게 뭔가 도움이 될 만한 게 있을 걸세. 우선 나머지 훈련을 잘 마치게. 그래야 내가 뭔가 도울 수 있을 것 같네."

6주의 훈련 기간이 끝나는 날 아침, 각 훈련생은 이미 전날 배포받은 이병 계급장을 달고 자대 배치를 받는 시간이 되었다.

동기들은 한 명, 두 명 자대 배치 통지를 받고 이동을 시작하였다. 그렇게 자대 배치가 거의 끝나갈 무렵이었다. 이젠 민식 씨만 남았는데, 주임 상사인 이재윤 주임 상사가 민식 씨의 앞으로 다가와 물었다.

"김민식 이병."

"예, 이병 김민식!"

민식 씨는 힘차게 대답했다.

"자네. 군목이신 김명훈 목사님을 원래 아나?"

"아닙니다. 예배당에서만 몇 번 뵈었습니다."

이재윤 주임 상사는 손에 들고 온 서류를 다시 한번 보더니 말했다.

"하여튼 처음 있는 일은 아니지만…. 자넨 오늘부터 교회 예배당에서 근무할 걸세. 뭐, 하는 일이야 나는 잘 모르겠지만, 목사님이 지시하는 업무를 성실하게, 충실히 해 주게. 그리고 내무반은 행정병 내무반인 제3 내무반을 쓰면 되네. 알았나?"

"예, 잘 알겠습니다."

이재윤 주임 상사는 돌아서며 말했다.

"예배당으로 가 보게. 목사님이 기다리고 있을 걸세."

민식 씨는 곧바로 부대 예배당으로 향하였다.

사연은 이랬다. 김명훈 목사님은 훈련 기간이 거의 끝나가는 5주 차 즈음에 훈련병들의 자대 배치로 정신이 없는 부대 행정실에 찾아와 이재윤 주임 상사와의 미팅을 요청하고, 예배당에 인력이 한 명 배치되었으면 좋겠다는 뜻을 요청하였다고 한다. 혼자서 주일이며 주중 예배, 그리고 이런저런 소소한 일들이 많은데 외부 일도 봐야 하는 군목의 일정상, 예배당 안에 병사 한 명 정도가 필요하고 부대에서 꼭 필요한 훈련이나 일정들을 병행할 수 있게 할 테니 지원해달라고 요청했다. 그리고 그 요청 대상으로 김민식 씨를 콕 집어서 요청하신 거였다.

그리고 더 중요한 것은 김명훈 목사님이 소속된 기독교 선교 단체에서 추진 중인 영어 성경 교재에 관한 내용이었다.

예배당 사무실 안에 있는 타자기로 선교 단체가 학생들에게 교육할 영어 성경 교재를 만드는 작업을 해달라는 요청이었다. 당연히 그 노력에 대한 인건비도 지급될 것이고 열심히 잘하면 동생들 생활비는 충분할 것이었다. 작업량은 성경을 거의 다 하려면 앞으로 남은 3년 동안의 작업량은 될 것이라고 목사님은 덧붙였다. 그렇게 하여 김민식 씨의 군대 생활은 원만하면서 많지는 않아도 안정적으로 집에 돈을 꾸준히 보내줄 수 있게 되었고, 드디어 제대하기 전날이 되었다. 군 생활 내내 성실하고 묵묵하게 일을 잘하는 모습과 민식 씨의 사연을 들은 이재윤 주임 상사는 김민식 씨를 좋게 봐서인지 예배당에 직접 찾아와 목사님과 함께 있는 자리에서 제대하고 복학하여 졸업하자마자 자기에게 연락하라는 말을 하였다. 서울에 있는 친한 친구가 운영하는 무역회사에 추천해 주겠다는 약속이었다. 제대 후 4학년 학기를 마친 김민식 씨의 졸업식에는 당연히 김학봉 씨와 어머니 이덕례 여사 그리고 이제는 대학교 4학년인 옥자 그리고 이제 막 대학생이 된 옥희, 중학교 3학년이 된 막냇동생 옥순이와 김명훈 목사님, 그리고 이재윤 상사님이 참석했다. 그날 다 같이 식사 중에 이재윤 주임 상사님은 민식 씨에게 종이를 접은 작은 쪽지를 하나 건네며 말했다.

"서울에서 내 친구가 운영하는 작은 무역회사 주소일세. 전화번호도 있으니 내일이라도 전화해서 면접 날을 잡게나. 크지는 않지만 배울 게 많은 회사일세."

김민식 씨는 감사하다고 말하면서도 고민스러웠다.

워낙 학교 성적이 좋았고 4학년 내내 거의 전액 장학생이었던 터라 교수님들이 추천해 주시는 회사들도 많아서 고르고 있던 참이었다. 그중에는 꽤 크면서도 집에서 출퇴근할 수 있는 거리의 회사도 있어서 내심 마음에 두고 있던 터였다.

며칠 동안 고민한 끝에 민식 씨는 이재윤 주임 상사님이 소개해 준 회사에 전화를 걸어 설명하고는 면접 날을 잡았다.

아무래도 면접도 안 보는 것은 상사님에 대한 예의가 아닌 듯싶어서였다. 며칠 후 민식 씨는 서울의 충정로 사거리에 있는 작은 빌딩 앞에 섰다.

빌딩 로비의 입주사 안내판을 보니 9층에 위치한 서진 무역이라는 글씨가 눈에 들어왔다. 민식 씨는 쪽지를 보고 다시 한번 서진 무역이라는 글씨를 확인한 뒤 엘리베이터를 타고 9층에 내려 화장실 입구를 지나 유리문 앞에 서진 무역이라고 쓰여 있는 현판을 보고 노크하였다.

"예, 들어오세요." 남자의 목소리가 들렸다.

유리문을 열고 들어가니 생각보다는 작은 회사였다.

책상은 3개에 4인 정도 앉을 수 있는 소파와 테이블 그리고 큼지막한 팩스가 덩그러니 창가에 놓여 있었다.

담당자가 없는 것처럼 보이는 비어 있는 책상도 1개 있었다. 그리고 한 책상 앞에 앉아있는 남자가 이재윤 상사님의 친구일 거라는 생각이 들었다.

민식 씨는 묵례를 하며 말했다.

"안녕하십니까. 이재윤 주임 상사님의 소개로 오게 된 김민식입니다."

책상에 앉아있던 남자는 무척이나 반가운 표정으로 벌떡 일어나면서 말했다.

"아이구…. 민식 씨? 여기 앉아요. 먼 길 오느라 수고했네요. 그래, 점심은 먹었고? 여기 앉아요."

남자는 연신 소파를 가리키며 답변할 시간도 없이 재차 말했다.

"그래, 재윤이는 잘 있나요? 그 자식, 명절 때나 가끔 보고 보기가 힘들어…. 어떤 해는 일 년 동안 못 볼 때도 있다니까…. 군바리가 왜 그리 바쁜지…. 참, 나."

"아…. 예. 주임 상사님이다 보니 훈련소 살림을 도맡아 하셔서 그럴 겁니다. 그리고 이것저것 너무 꼼꼼하게 신경을 쓰시는 분이라 더 바쁘세요."

민식 씨는 군대에서 생활하던 시절을 떠올리며 말했다. 남자는 소

저녁을 보내는 근사한 방법

파에 앉으려다가 다시 책상으로 가서는 명함을 한 장 집어서는 바로 민식 씨의 앞으로 와 명함을 내밀며 말했다.

"자, 김민식 씨. 반가워요. 서진석이라고 합니다."

남자는 명함을 주고 소파에 앉고 나서 회사에 대해 소개하였다. 거창하게 무역회사라고는 하지만, 실제로는 작은 오퍼상으로 주로 전기용품, 부품, 전기장비 등을 수입해서 판매하고 또 수출해야 하는 거래가 있으면 그런 것들을 대행해 주는 회사였다. 또 일의 특성상 직원이 많을 필요는 없고 거의 통관 서류 및 수입품들을 확인하기 위해 신제품 수입 시에는 상대 국가에 출장을 가서 물건의 품질과 가능 물량을 확인하는 업무도 병행한다고 설명했다. 남자가 민식 씨에게 물었다.

"그래⋯. 그럼 언제부터 출근이 가능할까요? 가능하면 빠르면 좋겠는데⋯. 다음 달에 중국 출장도 같이 가 봐야 할 거 같고⋯."

"예⋯? 출근요? 오늘은 면접을 보는 것으로 알고 있었는데요."

민식 씨는 내심 해외 출장이라는 얘기에 귀가 솔깃해졌다.

"아⋯. 내 친구 재윤이가 추천했으면 그걸로 끝난 거지⋯. 그 자식 사람 보는 눈은 정확해. 그래서 오늘 얼굴이나 한번 보고 출근 일정을 잡으려고 했지. 참, 시간상 어디 머물 만한 숙소 같은 게 없지? 재윤이한테 들어서 알고 있으니, 당분간 우리 집에서 지내면 되네⋯. 우리 집이 옛날집이라 따로 계단을 통해서 2층으로 올라가면 작은 방이 있네. 혼자 지내기에 뭐 좀 작을 수도 있지만, 지낼 만할 걸세. 그리고 굳이 서울에서 월세 내면서 살 필요는 없잖아? 그리고 공짜로 쓰면 민식 씨도 눈치가 보일 테니 월세 대신 우리 딸내미 영어 과외를 해 주는 게 어떤가? 우리 딸 지영이가 이제 중학교 3학년인데 말이야⋯.

자네 영어 꽤 잘한다면서?"

민식 씨는 갑작스러운 제안에 당황스러우면서도 해외 출장을 간다는 점과 어쨌거나 주거비 걱정은 없어지고 끔찍이 아끼는 막냇동생 옥순이 또래의 아이에게 영어 과외를 한다는 게 마음에 들었다.

"예, 사장님. 그럼 다음 달 1일부터 출근하겠습니다."

"어, 이 친구. 시원시원해서 좋구만…. 좋아. 자, 그럼 우리 열심히 한번 해 보세나. 우리 집 주소하고 연락처를 알려 줄 테니, 2~3일 전에 와서 짐도 풀고 동네도 둘러보고 서로 인사도 하고 그러세나."

서진석 사장님은 소파에서 일어나 악수를 청하며 말했다.

김민식 씨는 빌딩을 나오면서도 무언가에 홀린 듯 고개를 갸우뚱거리면서 생각했다.

'내가 왜 이렇게 갑자기 결정한 거지…'

그로부터 보름 후, 민식 씨는 청양에서 짐을 챙겨와 아현동에 있는 서진석 사장님의 집에 당도하여 서진석 사장님의 안내로 양옥집 마당 옆으로 난 독립 계단을 타고 올라가 옥상에 덩그러니 있는 작은방에 짐을 풀었다. 같이 저녁을 먹자는 서진석 사장님의 권유로 저녁나절에는 1층에 내려가 사모님과 아직 볼살도 안 빠진 뾰로통한 표정의 중학생인 지영이라는 아이도 소개를 받았다. 그렇게 하여 여러 날이 지나는 동안 분주한 회사 생활과 안정적인 주거 형태로 민식 씨의 삶은 평온하게 흐르고 있었다.

회사 업무는 무역학과를 나온 덕에 관련 챙겨야 할 서류들은 익숙한 서류들이었다. 수출입, 통관, 관세 업무 및 세세한 송장 작성 업무는 서진석 사장님이 가르쳐 주어서 그리 길지 않은 시간에 민식 씨의 업무 능력은 일취월장했다. 서진석 사장은 그 모습에 흡족해했다. 또한, 일주일에 2~3번 정도 지영이의 영어 과외를 한 지 3개월 정도 지나 영어 성적이 눈에 띄게 올라서 사모님, 서진석 사장님 그리고 어린 지영이, 가족 모두가 민식 씨에 대해 상당히 신뢰하는 관계가 되어 갔다. 민식 씨 또한 업무가 익숙해져서 회사 생활이 즐거웠고 서진석 사장님과의 가끔 있는 해외 출장 또한 배울 게 많아 민식 씨 본인 또한 이 생활에 흡족해했다. 가끔 청양 집에 전화를 걸어 아버지 김학봉 씨와 어머니 이덕례 여사의 안부와 잘 지내고 있다는 세 여동생과도 번갈아 가며 통화하였다. 이제는 바로 밑의 동생인 옥자 또한 졸업 후 취업한 터라 민식 씨와 옥자의 벌이만으로도 청양 집의 상황 또한 안정적으로 흘러가는 분위기였다. 민식 씨는 이런 분위기의 삶에 마음이 놓여 편안해진다는 생각도 해 보았지만, 옥자의 결혼과 이제 막 대학생이 된 옥희의 등록금, 고등학교 입학을 앞둔 막냇동생 옥순이를 생각하면 긴장의 끈을 놓을 수는 없다고 다짐처럼 되뇌곤 했다. 그렇게 해서 서진 무역에 입사한 지 8년 정도 흘렀다. 재작년 29살 나이에 옥자의 결혼식을 치르고 난 뒤 2년 정도가 흘러서야 35살이 된 민식 씨는 작은 임대 아파트 계약하고 독립하게 되었다. 마침 서진석 사장님은 아현동 인근에 있는 아파트로 이사할 시기였다. 서진석 사장은 일부러 김민식 씨의 방까지 생각하여 좀 더 큰 아파트를 계약했는데 민식 씨는 이제는 더 신세를 지면 안 될 나이가 되었다며 감사의 마음을 전하고 독립을 하게 되었다. 너무도 아쉽고 서운해하는 사모님과 막냇동생인 옥순이와 동갑이자 이제는 대학교 졸업반이 되어버린 지영이를 뒤로하고 이사를 왔다. 그 이후로 며칠은 민식 씨에게도 허전한 나날들이었다. 마치 서울로 오기 위해 청양에서 떠나던 그 감정 같은 것들이 가득한 나날들이었다. 이제 해외 출장 업무는 서진석 사장을 대신해 민식 씨의 단독 업무가 되었고 회사 생활은 여전히 안정적으로 흘러갔다. 더욱이 신속하고 정확한 민식 씨의 업무 능력으로 인해 서진 무역의 매출은 나날이 성장세를 보였다.

민식 씨의 회사 생활은 그렇게 해서 1년 같은 15년이 흘렀다.

서진 무역에 28살에 입사하여 15년을 근무한 김민식 씨는 그동안 세 여동생의 대학교 졸업과 옥자, 옥희의 결혼식도 마쳤다. 이제는 막냇동생 옥자의 결혼식만 치르면 장남으로서, 오빠로서 할 도리는 다 하는 거라고 생각했다.

15년이 되어 가는 어느 겨울날에 서진석 사장님과 소주를 한잔하던 때에, 서진석 사장님은 이런 제안을 해 왔다.

"김 이사…. 자네, 이제는 독립할 때가 되었지 않았나? 내가 생각해 봤는데 말이야…. 자네가 서진 무역의 총판 대리점을 맡는 게 어떤가. 이젠 나도 나이도 있어서 대리점들을 일일이 상대하는 게 벅차기도 하고, 지금 자네가 하는 게 거의 수입품 확인과 대리점 상대하는 거니 그걸 자네 사업으로 하게나. 대신, 조건이 있네…. 서진 무역이 수입하는 모든 제품을 자네가 현지에 가서 확인해 주는 조건일세."

그렇게 민식 씨는 서진석 사장님의 제안을 받아들였다. 서진 무역의 총판 사업자로 개업한 지 3년이 흘렀다.

민식 씨는 경리 직원을 한 명 두고 물건 재고 파악과 대리점 결제

저녁을 보내는 근사한 방법

업무를 일임하고는 총판 업무와 서진 무역의 수입품 현지 확인 업무를 병행하며 나름대로 안정적인 사업체를 운영하게 되었다.

그날도 최근 유행의 조짐이 보이는 LED 전구의 안전기 안에 들어가는 전기회로 칩과 관련하여 중국 현지에 가서 업체의 시제품과 제조 가능 물량을 확인하고 돌아오자마자 이를 설명하기 위해 서진 무역에 들어섰다. 유리문을 열고 들어가자 서진석 사장님이 반가운 표정으로 그를 반겼다. 그리고 직장 생활을 하다가 아버지 업무를 도와주기 위해 서진 무역으로 직장을 옮긴 지영이 또한 민식 씨를 반기며 말했다.

"우와~! 민식이 아저씨! 어쩐 일이세요. 너무 오래간만이다."

"야, 이놈아. 민식이 아저씨가 뭐야…. 이놈이…. 김 이사님이나 김 사장님이라고 해야지…. 거래처 사장님이신데 버릇없이…. 쯧쯧.."

서진석 사장은 민식 씨를 보며 반기며 일어나는 지영을 향해 핀잔을 주었다.

"아닙니다. 저는 민식이 아저씨가 편해요. 서 실장한테 김 이사님, 김 사장님이라고 호칭 듣는 거 불편합니다."

"그렇죠? 아저씨랑 우리가 안 지가 언젠데 김 사장님이야!"

그렇게 서진석 사장에게 핀잔을 받은 지영이 눈치 없이 말했다.

"이 자식이, 그래도…. 인마, 여기는 직장이야. 그리고 비즈니스 하러 오신 거야, 김 이사는…. 아, 암튼. 그래, 어떻게 되었나? 중국 출장은?"

서진석 사장님은 경고하듯 지영을 손가락으로 가리키며 민식 씨에게 되물었다.

"아, 예. 사장님, 그래도 꽤 기술 있는 업체던데요. 나름대로 R&D

센터도 갖추고 있고요. 그 회사 주식 중 15%를 구글이 가지고 있습니다. 그걸로 일단 신뢰도는 괜찮고요. 제품도 시제품을 장비로 테스트해 보니 결과도 좋았습니다. 랜덤으로 300개 테스트 중 오류가 1.5% 미만으로 나왔습니다. 물량만 정해 주시면 일단 제가 송장을 작성하겠습니다. 아, 아니다. 이제는 서 실장이 작성하면 되겠구나?"

민식 씨는 서진석 사장과 지영을 번갈아 바라보며 말했다.

"서 실장이 뭐예요…. 그냥 예전처럼 지영이라고 해 주세요."

지영은 일어서서 팔짱을 낀 채로 민식을 보며 말했다.

"이 자식이, 그래도…. 너 하던 일이나 빨리해. 나는 김 이사와 할 얘기가 있으니…. 암튼, 김 이사. 그럼 업체는 믿을 만하다고 하니 다행이고, 수입 물량은 얼마나 해야 하지? 초도 물량인데…. 만 개 정도면 되려나? 김 이사 의견은 어떤가?"

민식 씨는 가지고 온 서류를 보며 말했다.

"예, 사장님. 제 의견은 약 3만 5천 개 정도가 괜찮을 것 같습니다. 같이 간 대리점 사장님들이 시제품 장비 테스트를 보고 요청한 대리점 주문량만 2만 5천 개 정도 됩니다. 그리고 서진 무역과 저희 회사가 일반 전기 업체, 조명 가게 등에 소매 판매를 하면 충분히 소화할 수 있을 것 같습니다."

민식 씨는 이렇게 말하며 들고 있던 대리점들의 주문 물량 표를 서진석 사장에게 건넸다.

서진석 사장은 민식 씨가 건넨 서류를 잠시 훑어보더니 말했다.

"음…. 이 정도면 김 이사 자네가 얘기한 그 정도 물량이 적당하겠군. 일단 1차 물량으로…. 2차는 나중에 반응을 보고 결정하자고. 지영아. 이거 보고 일단 3만 5천 개 주문 송장 작성해라. 그리고 김 이사, 수고 많았네…. 이번엔 꽤 오래 있었지?"

서진석 사장은 서류를 지영에게 건네며 말했다.

"예. 아무래도 300개를 테스트하는 데 시간이 좀 걸려서 오래 있게 되었습니다. 그래도 같이 간 대리점 사장들과 관광도 하고 나름대로 재미있었습니다."

"하여튼 고생 많았네…. 오랜만에 자네랑 소주나 한잔하고 싶은데, 저녁에 시간 괜찮나? 내가 감사의 의미로 한 잔 사겠네."

"예. 저도 좋습니다. 저도 간만에 사장님 시간 되시면 소주 한잔하고 싶었습니다."

민식 씨는 그제야 소파에 앉으며 말했다.

"와…. 오늘 아저씨랑 소주 마시는 거예요? 신난다."

지영은 책상을 두드리며 말했고 서진석 사장은 그런 지영을 바라보며 한숨을 내쉬었다.

서진석 사장님, 지영과 소주를 거나하게 마신 민식 씨는 집으로 돌아와 불 꺼진 거실에 서서 창밖을 바라보았다. 벌써 11시가 넘어가고 있었다. 도로의 가로등들이며 차들의 미등들이 겹쳐져 보여, 어느 것이 가로등인지, 어느 것이 미등인지가 구별되지 않았다. 오늘따라 유독 큰 보름달이 거실 창가를 통해 민식 씨를 비추고 있었다. 민식 씨는 굳이 거실 불을 켜지 않아도 되겠다고 생각하고 혼자 생각에 잠겼다. 언제였던가…. 그 언젠가 마음도 칠흑같이 어두웠던 밤. 스테인드글라스를 통해 비치던 달빛 아래 예배당에 앉아, 어린 민식 씨는 청양의 가족들이 걱정되어 얼마나 흐느끼며 울었던가…. 민식 씨는 갑자기 그때의 기억을 떠올리며 선반을 열어 스카치위스키를 꺼내고 남은 한 손으로는 싱크대 선반에 있는 온더록스 잔을 들고 식탁 앞에 앉았다. 그리곤 잔에 위스키를 부어서 한 모금 마셨다. 아까 술자리에서 2개월 전에 결혼식을 올린 막냇동생 옥순이의 문자가 왔는데, 소란스러운 자리라 미처 확인하지 못했다는 것도 생각했다. 민식 씨는 끔찍이 생각하는 막냇동생의 결혼식에 그래도 기 안 죽게 하려고, 옥희 결혼식 이후에 들었던 적금을 깨서 옥순이 결혼식 비용으로 쓰라고 어머니 이덕례 여사에게 보냈었다. 그 생각을 하며 주머니에서 전화기를 꺼내 문자를 보았다.

"오빠야…. 사랑하는 내 오빠야…. 고맙고 또 고마워요, 내 오빠가 없었으면 우린 어떻게 되었을까…. 저번 주에 옥희 언니네 집에서 옥자 언니랑 다 같이 술 한잔하며, 오빠 얘기하다가 셋이서 엄청나게 울었어요…. 우리 오빠, 우리 오빠 행복해야 하는데…. 우리 때문에 좋은 시절 다 놓치고 아무것도 하지 못하고…. 우리 보살피느라 그 흔한 연애도 한 번 해 보지 못하고…. 우리 오빠를 어쩐담…. 하며 언니들이랑 엄청나게 울었어요. 내가 오빠 목소리 듣고 싶어서 전화하려는데, 옥자 언니가 오빠 출장 중이라고, 일하러 가셨으니 방해하지 말라고 해서 못했어요. 셋이서 새벽까지 울었던 것 같아요…. 오빠야…. 우리 오빠야…. 항상 고맙고 또 고마워요…. 사랑하는 우리 오빠야…. 오빠 생각하면 눈물만 나요…. 우리 오빠야 사랑해요…."

민식은 답장을 쓰려고 핸드폰을 만지작거리다가… 다시 한 모금을

저녁을 보내는 근사한 방법

마셨다. 그러곤 답장을 썼다.

"아이구…. 우리 옥순이…. 하하하. 이놈이…. 울긴 왜 울어, 인마…. 오빠 잘살고 있으니 걱정하지 말아. 네 걱정이나 해…. 매제랑 행복하게 알콩달콩 잘 살아야지. 이번 명절에는 며칠 있을 거니, 시댁에 가서 시부모님들 잘 모시고 집에서 보자. 늦었다. 답장할 필요 없다. 잘 자라~ 우리 막내 옥순이. 오빠도 너희들 사랑한다~"

그리고는 나머지 위스키를 마저 마시는데 밤 11시 30분경에 문자 알림 소리가 울렸다.

민식 씨는 "이 녀석이 답장하지 말라니깐…" 하며 전화기를 들었다.

뜻밖에도 서지영 실장이었다.

"김 이사님. 주무세요?"

"어…. 서 실장…. 이 시간에 웬일?"

그리곤 한참을 답이 없었다.

약 10분 정도 흘렀을까…. 다시 문자가 왔다.

"우리 친구 할래요?"

"우리…? 친구?"

"예. 친구요…. 친구."

"서 실장. 너 술 많이 마시더니 이젠 술주정까지 하냐?"

"술주정 아니에요! 많이 마시지도 않았고요."

"그럼 더 많이 마시고 자라…. 이런 문자 하지 말고."

"…친구 해요."

김민식 씨는 하도 기가 차서 답할 생각도 안 하고 위스키를 한 잔 더 마셨다.

5분 정도 후에 다시 문자 알림이 울렸다.

"우리 친구 해요."

"너, 내가 몇 살인 줄 알아? 우리 옥순이랑 동갑이라고 오냐오냐했더니⋯. 버릇없이 뭐 하는 거야⋯. 이 밤중에."

"친구 하는 데 나이가 뭐가 중요해요?"

"야⋯. 서 사장님이랑 나도 13살 차이 나거든. 그럼 내가 이 시간에 문자로 사장님에게 '우리 친구 할까요?' 하면 뭐라고 하시겠냐? '오⋯. 좋아. 우리 친구 하세, 김 이사.' 이럴까? 미친 거 아냐?"

"그런 게 아니고요⋯. 친구 해요⋯. 우리."

"하⋯. 서 실장. 너, 정말⋯. 나 답 안 하고 전화기 꺼놓을 테니 알아서 해라."

그리고 정말로 김민식 씨가 전화기의 전원 버튼을 누르려고 하는데 다시 문자 알림이 울렸다.

"너무하네요⋯."

김민식 씨는 전원 버튼을 눌러 핸드폰을 껐다.

김민식 씨의 일상은 항상 일관되게 규칙적이었다.

주중에는 사무실 업무, 거래처 사장들과의 미팅, 재고 파악, 서진 무역 지원 업무 등을 했다. 그리고 주말에는 늦은 아침을 먹고 작지만 그래도 거실이며 침실이며 욕실까지 집 안을 청소하고 빨래를 세탁기에 돌린다. 다 되면 건조대에 널고는 집에서 나온다. 구둣방에 들러 구두들을 맡기고, 구두를 닦는 시간에 인근 마트에 들러서 일주일 치 찬거리며 생활용품들을 사고 구두를 다시 찾고 난 뒤에는 세차나 차량 정비 등을 한다. 그리고 들고나온 와이셔츠 등의 세탁물을 세탁소에 맡기고 일주일 전에 맡긴 세탁물을 다시 들고 집으로 오면 저녁나절이 되어 간다. 가끔 친한 동년배의 거래처 사장과 술을 한잔하는 때도 있고, 아니면 집에서 조용히 시간을 보내는 게 일상이었다.

서 실장에게 문자가 온 지 보름 정도가 흘렀을까.

어느 날, 그날도 밤 11시 30분경이 되었을 즈음에 문자 알림 소리가 울렸다. 문자 헤드를 보니 서진석 사장님이었다.

"김 이사, 자나?"

"아니요, 사장님. 이 시간에 어쩐 일이세요?"

"우리 친구 할까?"

"예…? 그게 무슨 말씀이신지…. 이 밤중에 갑자기…."

"친구 하자고, 자네랑 나랑."

"…좀 당황스럽습니다. 아니, 아주 당황스럽습니다."

"자네 같은 사람이 내 친구가 되어 준다면 난 영광일세. 어떤가, 자네는?"

"저야, 뭐, 감사드리죠…. 사장님 같은 분을 친구로 둔다는 건요."

"그럼 지금부터 친구 하는 거로 하세."

"아, 예. 알겠습니다. 감사합니다. 사장님."

"그리고 부탁이 하나 있네. 김 이사 친구."

"예. 말씀하십시오, 사장님."

"우리 지영이랑 친구 좀 해 줄 수 없겠나? 나, 걔 때문에 매일 들볶여서 못 살겠네…."

"…사장님."

"친구로서 부탁 좀 하네…."

그로부터 약 10개월 후, 김민식 씨와 서지영 씨는 강서구에 위치한 공항 컨벤션 웨딩홀에서 날이 좋다던 어느 일요일 오후 1시에 김명훈 목사님의 주례로 결혼식을 치렀다.

3년 후.

별 좋은 어느 일요일 오후, 집 안에는 피에트로 마스카니가 작곡한 〈카발레리아 루스티카나〉 중 7번 간주곡 〈인터메조 신포니아〉가 흐르고 있었다. 음악이라고는 조용필의 〈친구여〉 밖에 모르던 김민식 씨는 결혼 후 아내가 즐겨듣는 클래식을 같이 듣다 보니 이제는 어떤 음악이 흐르면 어느 작곡가인지, 어느 연주자인지도 제법 몇 명은 알고 즐겨 듣게 되었다. 늦은 아침 겸 점심을 먹고 설거지를 하던 김민식 씨는 뒤에서 "베베베…" 하는 소리를 듣고 뒤를 돌아보았다.

이제 갓 돌이 지난 딸아이가 불안해 보이는 엉성한 걸음마를 하며 엄마인 지영을 향해 다가가고 지영은 딸아이가 차츰 다가올 때마다 거리를 두고 뒷걸음질을 하며 거실을 원을 그리듯이 돌고 있었다.

김민식 씨는 소리 나지 않게 조용히 미소를 지으며 돌아서서 설거지를 다시 하며 주방 창가를 바라보았다. 창밖에는 바람이 날릴 때마다 벚꽃 잎들이 겨울날 눈송이처럼 날아다니고 있었다. 흩날리는 벚

저녁을 보내는 근사한 방법

꽃잎이 자동차 위며 도로변이며 심지어는 지나는 사람들의 머리 위에도 내려앉는 게 보였다. 김민식 씨는 순간 무언가 표현할 수도 없고 형언할 수도 없는 감정에 휩싸였다. 태어나서 처음 느끼는 그 감정이 어떤 건지 몰라서 멍하니 창밖을 내다보았다. 민식 씨 본인도 모르게 눈가에 이슬이 맺혔다. 그러다가 그 이슬은 한여름 장맛비처럼 흘러내리기 시작했다. 김민식 씨는 자신이 왜 눈물을 흘리는지 알 수 없었다. 그냥 태어나서 처음 느끼는 이 감정이 어떤 건지 생각하고 있었다. 무언가 눈가와 가슴가를 뜨겁게 만드는 이 감정이 무엇인지, 김민식 씨는 도무지 알 수가 없었다.

"우리, 꽃구경 가요."

아내 지영이 얘기했을 때도 김민식 씨는 그 말을 듣지 못하고 물을 틀어놓고 고무장갑을 낀 채로 울고만 있었다. 뭔가 이상한 기분이 들었는지 지영은 딸아이를 가슴팍에 안고는 김민식 씨에게 다가와 물었다.

"여보, 왜 그래요? 무슨 일 있어요?"

김민식 씨는 아내와 아기가 곁에 다가온 것도 모르고 싱크대 물이 계속 흘러넘치는 것도 의식하지 못한 채로 고무장갑을 끼고 창밖을 바라보며 눈물을 흘리고 있었다. 딸아이를 안고 곁에 다가온 지영은 그런 민식 씨를 옆에서 보곤 더 가까이 다가와 민식 씨의 어깨에 손을 얹으며 말했다.

"여보…. 왜 울어요…? 왜 그래요…."

김민식 씨는 그제야 정신을 가다듬으며 물을 끄고 고무장갑을 벗었다. 그리곤 조용히 아내 지영과 아기를 안아 주었다. 무슨 이유인지는 모르겠지만, 김민식 씨는 계속 흐느끼며 울었고 또 어떤 이유인지는 몰라도 그날 집 안에는 마스카니의 〈인터메조 신포니아〉가 계속 흐르고 있었고 창밖의 벚꽃 잎들도 눈송이처럼 아름답게 흩날리고 있었다.

저녁을 보내는 근사한 방법

HBS^{**} 57분 교통 정보

 "언제나 당신 곁에, 모든 사람이 맨정신이기를 바라는 맨 정신병원 협찬, 57분 교통 정보입니다.

 지금 하늘은 비가 와 오늘 마음이 무척이나 가라앉아 있어 오늘 업무에 상당한 정체가 생길 것으로 예상됩니다. 이런 날들은 터널과 같이 어두운 데다 실제 마음과 체감 마음의 속도가 달라서 어떤 일이나 사람들과의 관계에서 불안정하여 너무 느리거나 과속하기를 반복하다 사고가 나기가 쉽습니다. 그래서 마음도 우울한 데다 갑자기 돌발 상황도 많기 때문에 이런 어두운 마음의 터널을 지날 때는 평소보다 각별히 마음의 이동을 하셔야겠습니다. 현재 마음의 흐름이 원활하다 해도 역시나 조심하실 구간이 많습니다. 바로 비가 그쳐서 하늘이 개는 듯하다가 다시 비가 오는 구간인데요. 한번 마음이 가라앉아

** 　 HBS: Heart Broadcasting System.

사고가 발생하면 정체가 더욱 심해지니 그런 시간을 늦추는 게 마음 건강에 좋을 듯합니다. 왜냐하면 마음의 사고가 일찍 발생하면 정체도 일찍 시작되어서 점심 즈음에 정리되어야 했을 마음이 온종일 갈 수도 있으니 주의하셔야겠습니다.

전반적으로 비가 안 오는 구간보다 비가 오는 구간이 마음의 정체가 더 시간이 걸리는 편입니다. 우려되는 구간이 있는데요, 그 구간은 오늘 하루가 아니라 비가 일주일 내내 오는 구간입니다.

현재 한국의 도로는 어둡고 우울한 마음들이 많아서 자칫하다가는 대형 사고로 이어지기 십상입니다. 그럴 때는 도로 중간중간에 있는 마음 쉼터에 잠시 마음을 주차하시고 그 우울한 마음에서 내려 음악도 들으시고 긴 호흡과 당장 생각나는 사람에게 간단한 안부라도 물어보고 나면 정체가 조금 풀릴지도 모르는 일입니다. 그렇게 반복하다 보면 사람들과 만나서 사람들 관계를 통과하게 되는데, 짧은 구간 서행도 하겠지만 전반적으로는 원활한 흐름을 보이게 될 것입니다.

마음이라는 것은 말 그대로 마음먹기 나름입니다.

언제나 당신 곁에, 모든 사람이 맨정신이기를 바라는 맨 정신병원 협찬, 57분 교통 정보였습니다."

저녁을 보내는 근사한 방법

에필로그

-저녁을 보내는 근사한 방법

에필로그
-저녁을 보내는 근사한 방법

나는 이제 좀 쉬기 위해서 터벅터벅 걸어갈 것이다.

언제부터인가 군중 속의 나보다 혼자인 내가 편하고, 언제부터인가 내 이야기를 하기보다는 그저 침묵하고 타인의 말을 들어주는 데 많은 시간을 보낸다.

이미 조용해지고 깊어졌나 보다.

나이가 든 탓일까. 아니면 아직도 잡히지 않는 그 무언가에 대한 뜨거운 울분 때문일까.

미를 얘기해야 할 때, 이미 내 관능이 먼저 춤을 추는 나이가 되어 버렸다. 젠장.

달래, 냉이 향에 군침이 도는 나이.

그런 생각을 하다 보면 곁에 누군가가 있는 게 불편하게 느껴진다.

갑자기 혼자 있는 사무실이 그리워진다.

내 서재가 내가 최초에 있었던 내 어머니의 자궁 안처럼 아늑해진다.

그런 생각이 드는 사이에 초저녁 자유로 한강 강변에 떠 있는 황홀한 석양이 천국처럼 내 눈가에 들어오면, 조금 피곤하더라도 저녁 약속을 물리치고 사무실로 향하는 길에 살며시 미소가 지어진다.

이제 난 잠깐이나마 물을 끓이고 기꺼이 수고를 감수해 커피를 갈아낼 것이다.

그러는 사이, 잠시 음악이라도 들으며 담배 한 대에 불을 붙인 후 첫 번째 연기를 내뿜으며 "창헌~! 오늘도 수고했어요."라고 아무도 해주지 않는 격려를 해 줄 것이다.

조금 있으면 김이 모락모락 물이 끓고, 번거롭지만 향 좋은 수마트라 만데린 커피를 내릴 것이다.

멋진 음악과 향이 그윽한 커피, 그리고 담배 한 대로 난 하루의 노고를 조금이나마 잊을 것이다.

그러고는 어둠이 내려 파주 출판단지 도롯가에 가로등이 켜지면 나는 집으로 가 맛있는 알리오 올리오 파스타를 해놓고 혼자서라도 기꺼이 멋진 재즈를 들으며 붉은 와인과 함께 먹을 것이다.

저녁을 보내는 근사한 방법이 꼭 둘이거나 여럿일 필요는 없다.

또… 문득, 나와 같이 온종일 수고한 지구인들에게도 격려를 보내고 싶다는 마음도 든다.

오늘도 세상에서 잘 버텨준 자신을 인정해 주고 격려해 주자.

"과거가 햇빛에 바래면 역사가 되고 달빛에 물들면 신화가 된다."라는 이병주 선생님의 아름다운 표현이 생각난다.

거창하게 역사나 신화가 되고 싶은 야망 따위는 없다.

또 그러기에는 너무 늦은 것 같기도 하다.

그 늙음이 슬프지는 않다.

그저 한 번뿐인 인생이니 그냥 그런대로 살다가 그런대로 편하게 마무리하는 것도 그리 나쁘지 않은 인생이라는 생각이 든다.

굿 나잇~ 지구인들~!

저녁을 보내는 근사한 방법